Christelle Angano

Le Cabanon jaune

Roman

EDITIONS DE LA REMANENCE

DU MÊME AUTEUR

De vous à moi
La Rémanence, 2015

Tu devrais écrire un livre
Les tas de mots, 2014

Hommage à Clara Chompton
Les tas de mots, 2014

Une Sonate et La dame de Fécamp
La Lieutenance, 2013

Itinerrances
Recueil autoédité, 2010

Mémoire de Babouchka
Livre autoédité, 2008

Site de l'auteur : www.auboutdemaplume.fr

© éditions de la Rémanence, 2016
Couverture et mise en pages : www.mapicha.fr
ISBN 979-10-93552-36-1

À Maritxu, ma Rose

À Brel et Gauguin

Veux-tu que je te dise,
Gémir n'est pas de mise,
Aux Marquises

Jacques Brel

1ʳᵉ PARTIE

Septembre 1993, Honfleur

Il y avait du beau monde, ce jour-là, à L'Embarcadère. Le concours de belote mensuel touchait à sa fin et tout ce que la ville comptait de marins s'était donné rendez-vous au bistrot. Une rouelle de porc et une bouteille de calvados étaient en jeu ; mais attention, de la vraie goutte, fournie par la ferme des Bélamy et non pas de celle que l'on vendait aux Parisiens venus chez nous le temps d'un weekend pour souffler et se remplir les poumons d'iode.

Depuis midi, les esprits s'étaient singulièrement échauffés. Quand vous rentriez là-dedans, une odeur de fumée vous saisissait à la gorge. Cela sentait l'Amsterdamer et le tabac brun, la pomme et la sueur. Les visages étaient rougis par la chaleur et les verres qui s'enchaînaient. On picolait pas mal à L'Embarcadère, il fallait bien faire marcher la boutique et Pierrick Lemeur savait s'y prendre. Dans l'arrière-cuisine, pendant ce temps, Charlotte, la compagne du patron, véritable cordon-bleu, surveillait une blanquette de veau qui mijotait pour l'occasion.

Affalé sur le comptoir, un ivrogne cuvait, tentant parfois de relever la tête, comme pour se donner une contenance. Mais c'était pour replonger aussitôt. On pouvait le croiser là tous les jours : c'était un habitué. Tout à l'heure, quand il n'en pourrait vraiment plus, il serait raccompagné chez lui : Yvon ne conduisait plus. Sa voiture sans permis étant devenue trop étroite pour lui, rempli qu'il était d'alcool et de ressentiment, il avait fini par la revendre pour emménager dans une chambre à proximité du bar. Ancien pêcheur vivant de sa pension et aussi de la générosité des autres, il attendait… Personne ne savait trop quoi, ni qui. Ou plutôt si : sa femme peut-être ; sa Suzanne, une fille du pays, partie un jour avec un bellâtre, représentant en cuisines. Oui, la gentille Suzanne s'était lassée des nuits sans sommeil, à se ronger les sangs, à interroger son réveil, à surveiller le bruit de la clé dans la serrure. Un jour, elle en avait eu assez ! À chacun son tour de faire le guet ! Yvon avait eu beau lui dire qu'elle attendrait aussi son représentant en cuisines et ses costumes, rien n'y avait fait ! Depuis, quand il n'était pas installé sur le banc devant la Lieutenance, c'est qu'il était à L'Embarcadère ; la jetée étant trop loin pour ses jambes fatiguées. C'était donc devenu *son* banc et les Honfleurais avaient fini par le surnommer «Le lieutenant». Ce serait d'ailleurs là qu'on le retrouverait quelques années plus tard, raide mort.

En attendant, quand on lui demandait comment il allait, il répondait invariablement : « J'attends. » Désormais, il faisait un peu partie du décor, autant en tout cas que le sol en tomettes, les nappes rouges à carreaux, le calendrier des pompiers accroché derrière le comptoir, sur lequel on trouvait les horaires des marées, celui des postes, avec une photo du Belém, avait également sa place. Charlotte, collectionneuse, veillait à ce qu'il n'y ait pas de jaloux. Sur la porte des toilettes, un petit poulbot, en train d'uriner sur un mur. Enfin, dans un cadre, un article d'Ouest-France relatait la récupération d'un bébé phoque dans les filets de Pierrick, le patron du bar, ancien pêcheur lui aussi.

On riait fort du côté du zinc et on levait allègrement le coude aussi. Les blagues fusaient, chacun y allant de sa grivoiserie. Certains même n'hésitaient pas à pousser la chansonnette, de ces chansons qui parlent de filles blondes que l'on trousse et de la mer que l'on prend. Par contre, plus on s'approchait des tables, plus l'ambiance s'alourdissait. Cela devenait sérieux et on était prié de respecter le silence. L'instant était crucial : on jouait depuis le début de l'après-midi ; c'était la dernière donne.

Une de ces tables, au centre de la pièce, retenait particulièrement l'attention ; deux femmes contre deux hommes. Et pas n'importe lesquels. Le patron, Pierrick Lemeur et Jean Lebon jouaient contre Cloé Lebon, la fille de Jean, et madame Deleu, Pierrette de son prénom, la directrice de la maison de retraite « La Source ». Atmosphère électrique. On entendait les cartes claquer sur la table, comme autant de coups de trique et la concentration faisait se mordre les lèvres. Une grimace déformait le visage de Pierrick. Il n'avait jamais supporté perdre, au point que certains refusaient même de jouer à sa table.

— Belote… Rebelote… Et capot !

La jeune femme bondit de sa chaise en criant. Les joues rouges, les yeux brillants, elle exultait. Triomphante, elle tapa dans la main de sa partenaire et, après l'avoir levé en direction des malheureux adversaires, vida cul sec son verre de pommeau – le calva c'est pour les hommes – entamé au début de la partie. Les deux vieux compères se renfrognèrent, le public baissait la tête. Certains, plus téméraires, osèrent cependant des félicitations.

— Il n'y a aucun mérite avec le jeu qu'elles ont eu ! Même un gamin aurait réussi !

— Allez Parrain ! Ne fais pas ta mauvaise tête et reconnais que nous avons été meilleures ! répondit Cloé dans un clin d'œil en le narguant un peu.

— Mais dites-moi Pierrick, ne seriez-vous pas mauvais perdant ? s'amusa madame Deleu.

Seul Jean Lebon sourit et félicita les deux femmes de bonne grâce.

— Allez Pierrick, il faut reconnaître qu'elles ont bien joué et qu'elles méritent leur victoire.

Il se tourna vers le comptoir :

— Charlotte, tu peux me préparer un café s'il te plaît ? La marée arrive, je sors. La nuit va être magnifique, tu as vu ce ciel ! J'emporte ma gamelle et ton riz au lait, je préfère partir tôt. Plus vite parti, plus vite rentré, n'est-ce pas jeune fille ?

Cette dernière lui lança un regard noir. Elle avait toujours détesté le voir sortir seul la nuit ; mais il ne voulait rien savoir, s'obstinait. La mer était avant tout une affaire d'hommes. Les femmes – bien trop bavardes – faisaient fuir le poisson. Il avait beau dire cela sur le ton de la plaisanterie, Cloé savait qu'il pensait ce qu'il disait. Et pourtant, elle savait se taire…

— Laisse-moi t'accompagner, s'il te plaît ?

— Certainement pas ! Après cette défaite cuisante : j'aspire à un peu de solitude, répondit-il dans un sourire. Et puis, à soixante-treize ans, je revendique tout de même le droit de sortir, sans avoir à demander l'autorisation à ma fille ! D'ailleurs, je ne serai pas vraiment seul, avec toutes ces étoiles qui me tiendront compagnie ! Et puis ta mère est fatiguée en ce moment et j'aimerais que tu restes près d'elle. Tu veux bien dormir à la maison cette nuit ? Je partirais plus tranquille. Peut-être pourras-tu la décider à venir goûter à la blanquette de Charlotte ?

Madame Deleu se leva dans un grand bruit de chaise :

— Bon, moi je vais rentrer à La Source, mes pensionnaires vont avoir besoin de moi. Je propose que l'on se retrouve bientôt pour la déguster, cette rouelle de porc ! Je vous invite tous à La Source, et sait-on jamais, Pierrick aura peut-être envie de prendre pension…

Au milieu des rires, elle revêtit son manteau ; une pelisse incroyable, tout en fourrure, à la limite du mauvais goût. Mais curieusement, rien ne surprenait quand il s'agissait de Pierrette Deleu, rien ne choquait vraiment non plus. C'était une originale et on avait fini par l'adopter. Elle n'était pas d'Honfleur et il avait fallu du temps.

— Ne vous inquiétez pas Charlotte, je plaisantais ! ajouta-t-elle à la vieille femme dans un clin d'œil, je vous laisse votre Pierrick, il est bien trop grincheux pour moi !

Un silence gêné plana, ici on ne présentait jamais ouvertement Pierrick et Charlotte comme un couple. On disait «Pierrick et Charlotte» certes, mais ils n'étaient pas mariés. L'excentrique Pierrette ne parut pas s'apercevoir de ce léger trouble et sortit, après avoir allumé un cigarillo sous le regard mi amusé mi réprobateur de l'assemblée. Charlotte amena son café à Jean avec l'incontournable bonbonne en terre cuite, remplie de calvados ; celui-ci la refusa d'un geste de la main : jamais avant de prendre la mer. Enfin, il se leva à son tour, alla décrocher son ciré de la patère, tira sa casquette de sa poche et se l'enfonça sur la tête. Après avoir embrassé sa fille sur le front, il sortit dans une quinte de toux qui ne manqua pas de la faire grimacer. Il toussait de plus en plus, mais, bien sûr, refusait de consulter. Il n'y avait que les malades qui se soignaient…

Dans le port l'attendait « Le Cyrano », son chalutier. Il n'avait pas encore traversé la rue que la jeune femme le rejoignait pour un dernier baiser, qu'elle implora comme une gamine.

— Cette nuit, je ne serai pas loin, au large de Pennedepie, tu n'as donc pas à t'inquiéter. Tu sais, je suis heureux que tu aies gagné ce soir. Je suis fier de toi.

— Tu m'avais promis que tu arrêterais… et puis tu n'as pas dormi cet après-midi…

— Oui Maman ! lui répondit-il en souriant. Bientôt, c'est promis ! En attendant, allez, l'écluse est ouverte, rentre et va retrouver ta mère. Et je t'interdis d'aller sur la jetée, tu prendrais froid ! Ne t'inquiète pas.

Comme toujours, elle finit par promettre et se mit en route ; le temps de passer récupérer quelques affaires dans sa petite chambre de bonne sous les toits. Elle appréciait cet endroit. Un simple matelas posé là, à même le sol, un gros édredon en plumes d'oie, cadeau de Charlotte, une dizaine de coussins qu'elle aimait disposer autour d'elle. Et des livres à n'en plus finir.

En se dressant sur la pointe des pieds, elle pouvait saisir la rumeur du bassin. Les mouettes venaient se poser sur le *velux* quand il était fermé. Leurs cris la réveillaient au petit matin. La véritable fenêtre, à peine plus grande, donnait quant à elle sur la rue des Logettes, derrière le bassin. Près de l'entrée, une salle de bains, avec une minuscule baignoire sabot et un lavabo qui servait également d'évier. Les toilettes se trouvaient sur le palier. En fait, ses parents n'avaient pas vraiment compris quand elle leur avait annoncé qu'elle quittait la maison familiale pour emménager là et pour tout dire, ils avaient été un peu vexés aussi. Que diraient les gens ? Mais Cloé était restée inflexible et elle ne craignait pas le qu'en-dira-t-on. Elle se sentait parfaitement bien dans cet espace confiné certes, mais douillet. Plus tard, elle aménagerait Le Local, sa future librairie et se réserverait un espace à l'étage. Vivre au milieu de livres : un rêve de toujours. À ce propos, Marie lui rétorquait qu'elle aurait préféré voir sa fille fonder une famille, plutôt que vivre avec des personnages de papier.

Ce n'était pas la vie, ça.

Cloé regarda son père enjamber le bastingage du Cyrano. Après un dernier signe de la main, elle rentra dans le bar d'un pas décidé afin de récupérer son blouson : la *fraîche* commençait à tomber. Avant de rejoindre Marie, elle décida de s'octroyer une pause et de s'offrir un tour de bassin. Elle aimait cette période de la journée et de l'année aussi. Les couleurs du ciel qui se reflétaient dans l'eau promettaient une nuit claire. Les peintres ne s'y trompaient pas, qui tentaient de fixer ces teintes de fin septembre. Elle les connaissait tous, et aimait les saluer. Surtout Jean-Yves, un vieux bonhomme qu'elle avait toujours connu, d'ailleurs, un jour, elle devait avoir une dizaine d'années, elle avait répondu à sa maîtresse amusée qui l'interrogeait sur les peintres célèbres qui avaient peint Honfleur, « Jean-Yves ». Cela lui arrivait encore de rester près de lui, à le regarder peindre. Une vraie complicité les unissait, au-delà des mots. La jeune femme sourit en se remémorant cette anecdote et songea qu'elle aimait Honfleur, infiniment. Elle ne s'imaginait pas vivre ailleurs. Ses enfants grandiraient où elle avait grandi. Comme elle, ils construiraient des cabanes dans la jolie forêt de Saint-Gatien-des-Bois ; y chercheraient des châtaignes ou des mûres. Comme elle l'avait fait jadis pour Marie, ils lui rapporteraient des jonquilles et lui cueilleraient du muguet qu'ils vendraient pour le 1er Mai sur le bassin. Oui, pour sûr, chez les Lebon, le 1er mai, c'était sacré. Vivre ailleurs ? Non décidément, elle ne pourrait pas, viscéralement attachée qu'elle était à cette ville et à ceux qui partageaient sa vie depuis toujours, au chaud auprès des siens.

En fin de compte, sa mère refuserait de sortir ce soir-là. Fatiguée, elle craignait que l'atmosphère enfumée de la salle ne la gênât. Mais comme toujours, l'indispensable Charlotte avait tout prévu et avait préparé un panier pour les deux femmes : deux parts de blanquette et un merveilleux riz au lait dont elle seule avait le secret. Elles passeraient donc une soirée entre femmes. Cloé en profiterait pour expliquer à sa mère ses projets de librairie et elles écouteraient de l'opéra. Enfin, et pour le plus grand bonheur de sa fille, Marie ouvrirait cette valise en carton pleine de photos jaunies qui l'intriguait tant et lui parlerait du « temps d'avant ». Cloé avait toujours adoré ça.

Marie allait encore une fois lui raconter sa jeunesse, la rencontre avec Jean. Il avait vingt-cinq ans, elle bientôt dix-huit. Elle était de Saint-Gatien-des-bois, il était d'Honfleur. Elle l'avait trouvé « beau comme un dieu ». Premier amour, premiers émois, une promesse et cette bague faite de pâquerettes tressées ; bijou toujours conservé précieusement dans du papier de soie dans la petite valise noire. Le mariage avait été rapidement organisé ; ce serait Jean et personne d'autre. Et puis avec la guerre qui avait emporté le père de Marie, on avait pris conscience de la fragilité de la vie et il fallait être gourmand, profiter et surtout, surtout ne pas perdre de temps.

Et Cloé ? Quand se déciderait-elle à lui présenter quelqu'un ? Un gentil garçon qui saurait la rendre heureuse et, peut-être, lui faire un enfant. Un fils. Elle pourrait l'appeler Antoine ! Voilà le rêve de Marie : un petit fils. D'ailleurs, si elle avait été un garçon, Cloé se serait prénommée ainsi. Par contre, il fallait qu'elle lui promette de ne pas épouser un marin. C'était tellement difficile d'être femme de pêcheur, difficile et douloureux, souvent : la mer s'avère une rivale redoutable et impitoyable.

Marie et Cloé dormaient encore quand on tambourina à leur porte. Réveillée en sursaut, la jeune femme sentit immédiatement son cœur s'emballer. Six heures sonnaient au clocher de l'église et le jour commençait tout juste à poindre, répandant, à travers les lames des vieux volets de sa chambre, sa lueur blafarde. Prestement, elle se leva, s'empara de son vieux gilet posé là sur la chaise près du lit puis s'élança pieds nus dans le vieil escalier de pierre aux marches polies par les années. Les deux femmes se retrouvèrent dans le vestibule. Marie avait pris soin de jeter à la hâte un vieux châle de laine mauve sur ses épaules encore fort belles. Une longue tresse de cheveux blancs descendait le long de son sein. On pouvait distinguer les palpitations trop rapides de son cœur à travers sa longue chemise de toile. Ses lèvres tremblaient et l'angoisse, cette angoisse bien connue des femmes de pêcheurs, se lisait dans l'unique regard qu'elle échangea avec sa fille.

Trois jours que Jean aurait dû être rentré, que tous les pêcheurs et sauveteurs de la ville le cherchaient. Rien. Les deux femmes voulaient coûte que coûte continuer d'espérer, obstinément, même si cet espoir, il fallait bien se l'avouer, devenait de plus en plus ténu. Cloé avait passé toutes ces heures effroyables campée au bout de la jetée, à scruter l'horizon, les yeux brûlés par les embruns et les larmes.

Marie comprit avant même d'ouvrir la porte. Malgré tout, après avoir respiré profondément et serré le bras de sa fille, la vieille femme se redressa courageusement et libéra le verrou de la porte d'entrée. Deux hommes se trouvaient là, sur le perron.

On avait retrouvé Le Cyrano à la dérive. Vide. Aucune trace de choc. Qu'avait-il bien pu se passer ? On ne comprenait pas. Ces derniers temps, on bénéficiait de conditions optimales, mer belle, nuits claires. Oui, cette fin de septembre était particulièrement clémente, un véritable été indien. Rien n'expliquait donc cette disparition. Un accident certainement. Quoi d'autre ? Jean avait dû être victime d'un malaise ou alors peut-être avait-il été déséquilibré, lui qui ne s'attachait jamais. C'était bon pour les plaisanciers de se sécuriser.

Comme beaucoup de femmes de pêcheurs, Marie resta stoïque, même si, vacillante, elle dut se retenir au chambranle de la porte. On aurait pu croire qu'elle s'était préparée toute sa vie à cette visite funeste, comme si elle s'y était même… résignée. Sans un mot, Cloé, quant à elle, les fit entrer puis alla leur réchauffer un café. On eût dit un automate, sidérée par cette nouvelle qui bientôt allait la dévaster. Ils restèrent là, la casquette à la main, à chercher leurs mots pour tenter d'expliquer l'inexplicable à la mère et à la fille. Un d'entre eux, Jean-Pierre, un ami et collègue de Jean, trop ému pour parler, serra la main de la mère et embrassa la fille. Roger, plus âgé, prit la parole. Il faisait peine à voir. Grand, large, on sentait qu'il s'efforçait à retenir ses larmes. Il était allé à l'école avec Jean et ça lui faisait tout drôle, ce drame-là. Et puis, Jean Lebon était un marin très connu, respecté de tous et apprécié des siens. Un ancien sauveteur en mer, bon père, bon mari, bon camarade aussi qui n'avait jamais refusé une partie de dominos ou de pétanque. Un camarade qui n'avait pas des oursins dans les poches et qui n'hésitait pas à payer sa tournée, mais qui, malgré tout, rentrait toujours solide, sur ses deux jambes. Voilà. Un homme bien.

Alors que les marins présentaient maladroitement leurs condoléances aux deux femmes, Cloé se revoyait courant sur la jetée d'Honfleur pour accompagner son père, ou d'autres fois, pour l'accueillir. De temps en temps, il actionnait la sirène pour la saluer. Elle avait toujours adoré ça, le chant grave, presque douloureux des cornes de brume. Non, cela ne pouvait pas être possible ! C'était un cauchemar et elle allait se réveiller, nécessairement. Elle allait se réveiller et il serait là, content de sa pêche. Il rapporterait des bars qu'ils iraient vendre, ensemble, à la criée. Elle l'aiderait comme elle l'avait toujours fait. Elle adorait ça, décharger le poisson frais avec lui.

Mais Marie la prit dans ses bras.

— Cloé…

Alors elle réalisa. Pourtant, il lui avait promis qu'il n'allait pas loin. Si seulement il l'avait laissée l'accompagner. Elle aurait pu empêcher tout cela !

Quand les deux pêcheurs furent repartis après moult formules de réconfort et de soutien, les deux femmes décidèrent de se rendre à L'Embarcadère. Elles éprouvaient le besoin de se retrouver auprès d'eux et puis surtout, c'était à elles de leur annoncer la funeste nouvelle. Dans la rue, Marie tentait de rester droite, certainement pour soutenir sa fille. Elles se tenaient par la main, butaient sur les pavés pourtant si familiers. Un homme qui les croisa se découvrit respectueusement. Dignement, d'un hochement de tête, Marie lui rendit son salut et, protectrice, entoura les épaules de sa fille.

Pierrick était en train de lever le rideau de fer quand il les vit arriver. Il devina à leur visage qu'un drame venait de se produire. L'annonce de la disparition de Jean, son ami de toujours, celui qu'il appelait son complice, l'avait bouleversé. Ils s'étaient connus sur les bancs de l'école, avaient fait les quatre cents coups ensemble. Puis, ils avaient mis leurs économies en commun pour acheter Le Cyrano, leur chalutier. Puis finalement, quelque temps après l'accident qui avait coûté la vie à Denis, le mari de Charlotte, Pierrick avait décidé de regagner la terre ferme. Il avait choisi de revendre sa part et d'acheter un troquet pour réchauffer l'âme des marins en leur servant à boire, de calmer leur amertume quand la mer se refusait. Souvent, il avait encouragé Jean à le rejoindre. Ce n'était plus raisonnable de sortir seul. Quoi qu'on en dise, on avait l'âge de ses artères. Mais ce dernier répondait inlassablement « la retraite, c'est bon pour les vieux… ».

Voilà, et puis cette sortie ; celle de trop.

Charlotte, aux mains douces et réconfortantes, prit la jeune femme dans ses bras. Ce geste de tendresse eut pour effet de

provoquer enfin les larmes libératrices. Les premières, douloureuses, furent bientôt suivies de longs sanglots rauques.
Elle pleurait son père et son enfance qui disparaissait avec lui.
Regardant la table sur laquelle quelques jours auparavant ils
avaient joué ensemble à la belote, elle repensa à son dernier
baiser, à son signe de la main, avant qu'il n'entrât dans la cabine
du Cyrano, tentant d'enregistrer dans sa mémoire ces dernières
images, de s'en imprégner pour toujours. Enfin, elle sortit brusquement ; elle étouffait, avait besoin de respirer.

— Cloé…

— Laisse la Marie. Je crois qu'elle a besoin d'être seule. Elle
n'ira pas loin. Et puis, nous avons à parler.

La fille de Jean se dirigea instinctivement vers la jetée.
S'asseyant sur le muret, elle plongea son regard vers l'horizon.
Au loin, elle aperçut le Cyrano que l'on était en train de remor-
quer vers le port. Le cœur brisé, elle se laissa glisser contre le
mur de la digue et resta là, petite orpheline, à pleurer sa détresse.

Au bar, les trois amis avaient commencé quant à eux à évoquer les démarches à venir, la déclaration au Tribunal de Grande
Instance, l'enquête peut-être, la cérémonie enfin. Il n'y avait pas
de temps à perdre. Et puis dans l'action, on pensait moins, on
s'offrait un répit. Pour la cérémonie, pas de messe, Jean était
communiste, un « pur et dur ». Comme il avait l'habitude de dire :
« Pas de ça fillette ! » Une chanson peut-être, oui, une chanson
au bout de la jetée. Quelques fleurs, pourquoi pas. Tiens, on

demanderait au vieil instituteur, Monsieur Angelbert de lire un texte, ce poème de Victor Hugo que Jean aimait tant. Ce serait émouvant. Il méritait une belle cérémonie et il est important de dire au revoir aux gens que l'on aime. Déjà que la mer serait sa sépulture… Cloé voudrait peut-être prendre la parole. Enfin, on chanterait une chanson de marins, de celles qui retournent les tripes. Oui, on chanterait *La mé,* cette vieille chanson en patois normand que Jean adorait et qui clôturait tous les repas de famille. Pour finir, on se réunirait à L'Embarcadère pour un dernier hommage. Oui, Jean Lebon aurait une belle cérémonie.

Maintenant, il fallait retrouver Cloé. Charlotte se proposa d'aller la chercher. Elle savait où la trouver. Effectivement, les deux femmes revinrent une heure plus tard. Marie prit Cloé contre elle et cela la soulagea de se blottir ainsi, dans les bras de sa mère. En fait, la petite fille de bientôt trente ans se demandait comment elle apprendrait à vivre sans son père.

L'annonce de la disparition de Jean plongea le bassin d'Honfleur en plein désarroi. On ne comprenait pas, on s'interrogeait. Jean ne buvait pas. Il avait fait beau, pas un poil de vent. On se retrouva au bar pour prendre un café et venir aux nouvelles. Des femmes se présentèrent pour proposer leurs services. Une cousine éloignée leur avait même apporté un panier de provisions. Perdre un des siens… un vrai traumatisme dans la famille des pêcheurs et la solidarité est toujours de mise dans ces moments-là. Quand Le Cyrano entra dans le chenal, les bateaux déclenchèrent leur sirène. C'était l'hommage des compagnons de la mer. Cette longue plainte lugubre fit frémir tout le monde. Le bassin se recueillait; même le soleil semblait refuser de se lever. Les peintres ne sortirent pas leurs chevalets. Charlotte accrocha un ruban de crêpe noir à la porte du bar. Il fut convenu qu'elle emménagerait quelques jours chez Marie. Pas question de laisser les deux femmes seules dans un moment pareil.

Dès le premier soir, alors qu'elle se relevait pour aller boire un verre d'eau dans la cuisine, Cloé entendit des sanglots étouffés qui provenaient du couloir. Tout doucement, la jeune fille entra dans la chambre de sa mère et s'allongea à ses côtés. Les deux femmes se retrouvèrent dans leur chagrin et finirent par s'endormir dans les bras l'une de l'autre, l'âme et le cœur ensanglotés.

Pendant les trois jours qui suivirent, elles furent prises en charge par les amis de Jean et avant tout par Pierrick et Charlotte. Le Cyrano, quant à lui, fut inspecté de fond en comble. Rien. On ne trouva rien qui pût expliquer ce qui s'était passé. Le dossier serait donc classé très rapidement. Enfin, on autorisa Cloé qui n'attendait que ça, à monter à bord. Elle implora sa mère : emménager sur le bateau, rendre sa chambre de bonne et vivre là, à quai, en face de L'Embarcadère, tout près de Jean. Pourquoi pas ? Si cela pouvait aider Cloé…

Jetée d'Honfleur

Ils furent nombreux ce jour-là qui arrivèrent en une lente pro-cession silencieuse au bout de la jetée. On respectait Jean Lebon et on tenait à le saluer une dernière fois. On venait pour lui et aussi pour « ses femmes », encadrées par Pierrick et Charlotte. Cloé, vêtue d'une petite robe noire toute simple, ressemblait un peu à la Môme Piaf, elle que son père appelait Le Moineau. Il aurait certainement aimé la voir habillée ainsi. « Il fallait ça pour que je te voie en robe ! », voilà ce qu'il lui aurait certainement dit. Cloé semblait si frêle et si menue que l'on craignait qu'elle ne s'écroulât à tout instant. Marie, quant à elle, très digne, sa blanche chevelure recouverte d'une sombre mantille, souvenir d'un lointain voyage en Espagne, se tenait droite et tentait de réconforter sa fille. Les deux femmes se mordaient les lèvres pour ne pas pleurer et d'un seul corps, faisaient face à la mer assassine. Il n'y avait pas un bruit, même les mouettes se tai-saient. Un peu plus loin, il se mit à pleuvoir sur Vasouy, comme un rideau de larmes qui petit à petit se rapprochait.

Le vieil instituteur s'avança alors. Il avait choisi de lire un extrait du poème Victor Hugo, *Les pauvres gens* ; le préféré de Jean.

La foule écoutait religieusement le vieux maître d'école que tout le monde connaissait. Il en avait fait réciter des générations de gamins ! On le respectait, on l'admirait, et même on le craignait encore un peu. Il ne faisait pas bon faire une faute quand il était dans les parages ! Monsieur Angelbert n'hésitait pas à jouer de la casquette.

Quand ce fut au tour de Cloé de prendre la parole, celle-ci, saisit un papier dans sa poche et commença de lire un petit texte d'adieu qu'elle avait rédigé le matin même mais elle dut bientôt s'interrompre, brisée par les sanglots qui la secouaient.

Alors, on entonna « La mé ».

Quand je syis sû le rivage,
Byin tranquile : êt – ous coum mai ?
J'pense à ceuss qui sount en vyage,
En vyage ou louan sû la mé.
En vyage ou louan,
En vyage ou louan, sû la mé.

La chanson est poignante. C'est celle des fins de soirée, quand le repas est terminé, que les estomacs bien remplis, les cœurs alanguis, attendris par le verre de goutte et la chaleur du feu. Cloé, droite, les yeux perdus dans le vague, la gorge serrée, chantait tandis que de grosses larmes coulaient sur ses joues. Elle ressemblait à une môme, la morve au nez. Quand on entonna le refrain, elle s'enfuit après avoir lancé une rose par-dessus la jetée, incapable d'en supporter davantage. Elle courut se réfugier sur le chalutier et c'est allongée sur la couchette de son père, enroulée dans sa vieille couverture qui sentait les embruns et le tabac, qu'elle finit de l'accompagner.

Après la cérémonie, événement rare, Pierrick offrit sa tournée. On leva son verre à la mémoire de Jean et on voulut rassurer Marie : elle et sa fille faisaient partie de la grande Famille. Chacun y allait de son mot, et tout le monde s'accorda à dire que le bassin avait perdu quelqu'un de bien. En tout cas, cela avait été un bel hommage, et le vieil instituteur nous avait bien chamboulés avec son poème ! Petit à petit tout de même, l'ambiance s'allégea. Parfois, on osait même rire d'un souvenir, d'une anecdote. Jean qui avait fait chanter l'Internationale au Père Daniel à un repas de communion, sa façon de blaguer avec les bonnes sœurs, son goût pour les chansons paillardes… Et puis, on repensa à l'ultime partie de belote, la dernière fois qu'on l'avait vu. Et puis encore cette interrogation : pourquoi ? On ne le saurait probablement jamais, et ça, c'était terrible. On se dit aussi que cette année-là, la mer s'était montrée très exigeante et que le tribut avait été particulièrement lourd. Cela avait commencé au début de l'année par cet accident : un touriste anglais tombé du bout de la jetée. Et ce drame affreux cet été : deux jeunes, après une sortie en discothèque, avaient fait le pari de prendre un bain de minuit dans le port. L'un des deux, un gamin de seize ans, s'était noyé. Cette tragédie avait traumatisé la ville. Oui vraiment, une sale année !

Peu après, Marie décida de se retirer. Épuisée, elle avait besoin de se retrouver seule aussi et refusa la proposition de Charlotte de la raccompagner. Non, elle marcherait ; un peu de silence et de solitude lui feraient du bien. Cependant, elle finit par accepter que son amie lui apportât un bol de bouillon un peu plus tard. En fait, Marie voulait faire un détour par l'église Sainte Catherine. En secret, elle avait demandé au curé de dire une petite messe pour son Jean. Cela pouvait paraître idiot mais ce geste l'apaisait un peu. Elle brûla même un cierge. Cette escapade adoucit, pour un bref instant, son chagrin, un peu comme un rendez-vous intime. Dans la petite église tout en bois, elle était au calme. Il lui semblait être dans le ventre d'un bateau. Jean avait d'ailleurs l'habitude de dire que cette église était celle des marins. La vieille femme se recueillit longuement. Les bruits feutrés caressaient sa douleur, les flammes éclairaient son visage et la lumière que coloraient les vitraux lui offrait un moment de paix et de sérénité, bienvenu en ce moment tourmenté. Ce n'était pas la première fois que Marie venait ici. Plus qu'une histoire de foi, elle appréciait cette ambiance calfeutrée, l'odeur du bois et de l'encens, les chuchotements, la lumière aussi. Et puis elle n'avait jamais été aussi catégorique que son vieux païen de mari. Elle ne savait pas si elle « croyait », mais elle aimait venir là, comme on aime se cacher dans un endroit secret et protecteur.

Alors, dans la douceur des lieux, elle se laissa aller, confiant ses larmes aux bougies vacillantes.

Pendant ce temps, au bar, les langues se déliaient. Quelqu'un osa enfin poser à haute voix la question qui brûlait les lèvres de tous : et si Jean avait sauté ? En effet, rien n'expliquait cet accident, peut-être justement n'en était-ce pas un ? Après tout, tout le monde savait ici que depuis quelques années déjà, Jean n'allait pas très bien. Il avait l'air… tourmenté, il aurait d'ailleurs rencontré quelqu'un à Caen, pour ça : un «docteur de la tête». À en croire la rumeur…

Mais Pierrick coupa court ; on ne pouvait pas dire n'importe quoi. Pourquoi échafauder de telles théories ? Il fallait penser avant tout à Marie et à la jeune Cloé. Elles, étaient bien vivantes. Et que l'on ne s'avisât plus à dire de telles imbécilités dans son bar sinon on aurait affaire à lui.

À Honfleur, tout le monde apprécie la fille de Jean et Marie Lebon. Sa silhouette est familière à tous. Elle a grandi là ; son enfance, c'est Le Port, la pêche, les marins. Elle connaît tous les quartiers de sa ville, toutes ses ruelles, tous ses pavés, ses couchers de soleil et ses chats errants. Menue, fluette, un peu garçon manqué, le visage couvert de taches de rousseur, elle porte toujours les blue-jeans, la même marinière et ses éternelles espadrilles.

On a du mal à lui donner un âge, entre vingt et trente ans en tout cas. Cloé aime la mer et les bateaux. Elle s'en est souvent voulu d'être née fille, a eu peur de ne pouvoir faire corps avec la mer, sa mer. Alors, il lui a fallu apprendre à être forte pour résister aux tempêtes. Ici, on la surnomme La Crevette, La Mouette, Le Moineau. Libre et sauvage, obstinée aussi, elle est un peu la petite sœur de Gavroche et d'Antigone. Pas forcément jolie, le teint hâlé, le cou gracile, La Crevette se ronge les ongles, fume à l'occasion, et n'hésite pas à boire un coup chez son parrain avec ses amis pêcheurs. Parfois, le dimanche, elle joue à la pétanque avec les anciens du village. C'est assez drôle de la voir, concentrée, un œil fermé, la langue tirée ; le geste est souvent décisif, efficace, forçant le respect de ses adversaires, même les plus confirmés. L'hiver, c'est la belote, les dominos ou les fléchettes. Elle est comme ça, Cloé Lebon. Sa mère aurait préféré qu'elle soit plus «féminine» – tu ne trouveras jamais de mari –, qu'elle apprenne la couture, qu'elle aime cuisiner. Mais elle s'en fiche.

Il y a peu de femmes dans sa vie. Marie, sa mère, Charlotte et enfin Rose. De Charlotte, Cloé ne sait pas grand-chose, sauf l'essentiel : sa gentillesse sans limites. Elle était arrivée un jour de Saint-Valéry-en-Caux, mariée à un certain Denis. Ce dernier disparaîtrait en mer lui aussi. Cloé avait deux ans, autant dire qu'elle n'a aucun souvenir de lui. Pour elle, Charlotte est indissociable de Pierrick, sur lequel elle veille jalousement. Cloé aime beaucoup Charlotte et sa peau douce, Charlotte La Tendre aux yeux malicieux, même si de temps à autre, la mélancolie leur donne des reflets de tristesse.

Rose, quant à elle, est son amie, celle des confidences. De dix ans son aînée, un peu comme une grande sœur, Rose veille au grain. Les deux femmes ont en commun la passion des livres. Rose travaille dans une librairie, située en bord de mer sur la Côte de Nacre, pas loin d'Ouistreham. C'est même là qu'elles se sont rencontrées. Cloé était à l'époque à la recherche d'une version de *Cyrano de Bergerac*, qu'elle voulait offrir à son père pour son anniversaire. Ce jour-là, un auteur était invité pour dédicacer son dernier roman. Le malheureux était en prise avec une admiratrice, pour le moins exubérante. Le verbe haut, le geste théâtral, elle venait plus pour parler – d'elle-même – que pour écouter. Elle était affublée d'une cape qui balayait tout sur son passage, d'un improbable chapeau violet et tenait dans ses bras un chien ridicule. Le romancier faisait peine à voir.

« L'admiratrice » le harcelait de questions et l'interrompait chaque fois qu'il tentait de prendre la parole, malmenant le livre qu'elle tenait en main. D'abord offusquée par cette attitude, Cloé avait fini par être gagnée par un fou rire qu'elle avait tenté de dissimuler dans son foulard. Elle avait fini par sortir, au bord de l'asphyxie. Elle s'était assise sur le muret, face à la mer, décidée à attendre le départ de l'envahissante groupie. Rose l'avait rejointe aussitôt, hilare elle aussi, abandonnant l'écrivain à sa dévorante admiratrice.

— S'il crie, j'y vais.

En attendant, elles avaient bu un café en terrasse et, compatissantes, avaient décidé d'en apporter un au malheureux romancier. Quand, quelques minutes plus tard, elles l'avaient rejoint, il leur avait expliqué, épuisé, que la bavarde était ressortie en précisant que de toute façon, elle ne lisait plus ! Elle lui avait donc rendu son livre, qu'elle avait bien sûr écorné. Elles en riaient encore. Depuis les deux femmes envisageaient de travailler ensemble en tant qu'associées. Plus tard.

Quelques semaines étaient passées et la vie reprenait son cours, ponctuée par les marées. Cloé avait emménagé sur Le Cyrano et, petit à petit, s'était approprié son nouvel intérieur. Le bassin protecteur s'était doucement refermé sur elle, l'entourant de sa chaleur et de sa bienveillance

Le Cyrano, quel drôle de nom pour un bateau ! Mais parce que la mer, c'est de la poésie, et qu'il faut savoir lui parler d'amour – telle avait été l'explication de son vieux loup de père tandis qu'il accrochait une petite photo au-dessus de sa couchette. Photo qui n'avait pas bougé depuis tout ce temps. Des bottes de caoutchouc, un bermuda découpé dans un blue-jeans trop petit, un tee-shirt jaune. Les cheveux lâchés, hirsutes, la bouille radieuse, elle doit avoir six ans sur le cliché. La jeune femme se souvenait parfaitement de cette journée. Il avait fait beau. Le Cyrano était pimpant, prêt à conquérir les flots. Avec sa mère, elle avait préparé quelques sandwichs, des crevettes, une bouteille de cidre. Jean lui en avait même servi un petit verre, coupé avec de l'eau. Ils avaient pêché ensemble, chanté et avaient voulu immortaliser ce moment de partage et de détente.

Cloé était là, à rêver enroulée dans la couverture de Jean quand soudain, elle se revit petite, adolescente, jeune fille puis jeune femme, courir le long de la jetée, jusqu'au bout, pour lui dire au revoir comme elle l'avait fait si souvent. Elle avait pour habitude de le suivre du regard, jusqu'à ce qu'il ne fût plus qu'un point à l'horizon. Alors, elle rejoignait sa mère et l'attente commençait. Femme de pêcheur ; une vie d'angoisse, à guetter le grain, à interroger les étoiles, à écouter le vent. Quand Marie n'était pas en train de briquer la maison, de vaquer aux tâches ménagères, elle se réfugiait dans les livres dont les lignes devenaient autant de lignes d'horizon, les siennes. Quelquefois, elle lisait à voix haute, juste pour le plaisir d'entendre la musique des mots. Elle aimait Villon et Marot, Du Bellay et Baudelaire. Aragon lui arrachait des larmes et Camus la plongeait dans des abîmes de réflexion. C'était elle qui avait eu la riche idée de la prénommer Cloé ; aimant Vian « à la folie ». À *L'Écume des jours*, son père disait préférer celle de sa pipe. Cloé revit l'air offusqué de sa mère, laquelle décochait alors à son pêcheur un regard noir, que démentait la tendresse de son sourire.

Sa mère… Combien de fois Cloé l'avait-elle surprise, le tablier autour de la taille, le fichu sur la tête, préparer la soupe du soir en déclamant Cyrano, encore… La tirade des « Non merci » était sa favorite, à elle qui n'avait jamais rien pu refuser à son mari. Et puis, Madame avait le bigoudi lyrique et n'hésitait pas à flirter avec l'Opéra. Une artiste… une esthète que sa fille avait appris à connaître. À l'âge où les enfants sont sans pitié, Cloé lui en avait un peu voulu. En effet, aux beaux jours, elle chantait à tue-tête, les fenêtres ouvertes. Longtemps, Cloé avait refusé d'inviter ses amies chez elle, un peu honteuse peut-être de cette maman atypique, qui ne se maquillait jamais et qui sentait l'encaustique. À l'adolescence, injustement, elle s'était révoltée contre cette mère tout juste bonne à attendre son père et à lui préparer la soupe du soir. Ce dernier, quant à lui, avait toujours représenté la force à ses yeux. Il était râpeux, avait le baiser aussi sonore que rare. Un bon gros bécot sur le front, avant qu'elle aille se coucher. Le cérémonial ne variait pas. La petite s'approchait de lui, il lui caressait la joue, lui racontait la mer, le creux des vagues et les embruns, ses compagnons les dauphins… le filet lancé, un ami perdu… Cloé respirait ses cheveux à grandes goulées. Cela sentait bon l'iode, le sable, le vent et la marée, les algues et les crevettes grises, ces secrets d'Atlantide qui fascinaient la petite fille. Ses yeux avaient la couleur particulière des yeux de marins, brûlés par la mer, le soleil, et le sel. Parfois, en fin de soirée, le pêcheur entamait de vieilles chansons en patois.

Depuis la disparition de Jean, Pierrick et Charlotte se montraient très attentifs. Lui, prenait son rôle de parrain à cœur, peut-être un peu trop pensaient certains. Justement, ce matin-là, Cloé s'était décidée à lui parler, ou plutôt l'interroger.

Comme souvent, elle choisit de le surprendre à l'ouverture du bar. Elle l'embrassa rapidement. La joue du vieil homme était râpeuse, comme elle l'avait toujours connue et curieusement, cela la rassura. D'un ton qu'elle voulut enjoué, elle l'apostropha :

— Salut Parrain, tu offres un café à ta filleule ?

— Viens, répondit-il dans un sourire, je vais aller te chercher un croissant. Descends donc les chaises des tables pendant ce temps. Tu peux même en sortir quelques-unes, il va faire doux.

Cloé entra dans le bar, se dirigea comme à chaque fois vers la photo de Jean accrochée près du miroir. La lèvre tremblante, elle caressa du bout des doigts le visage regretté. Pierrick la rejoignit doucement.

— Je me souviens de ce jour-là. Nous étions sortis tous ensemble. Il avait fait si beau…

— Oui ma belle. J'aime bien cette photo. Tu sais, je lui dis bonjour tous les matins.

La jeune femme, émue par cette confidence, pensa que c'était peut-être le bon moment pour aborder le problème qui l'obsédait. Elle s'assit au comptoir :

— Parrain, je voudrais te parler…

— C'est rare que tu m'appelles comme ça. Quand tu étais gamine, c'était signe que tu avais quelque chose à me demander ou alors à te faire pardonner. Que veux-tu ? Tu as quelque chose à te faire pardonner ?

Mais Cloé n'avait pas envie de s'amuser.

— Je suis sérieuse. Tu sais, je ne peux pas m'empêcher de penser que la disparition de Papa n'est peut-être pas un accident.

Pierrick se crispa malgré lui, ce qui n'échappa pas à sa filleule.

— J'ai rencontré Jean-Pierre hier soir. Pas longtemps avant cette soirée, il avait discuté avec Papa. D'après lui, il semblait tourmenté, inquiet même. Il a refusé de m'en dire davantage, mais je suis sûre que toi, tu sais. Tu étais son ami. Tu es mon parrain. Et je voudrais que tu me parles. Il était dépressif ? Malade ?

— Je ne sais pas de quoi tu parles. Que vas-tu chercher ? Tu sais, ce n'est pas la première fois qu'un homme tombe à la mer.

Le vieil homme, comme à son habitude dans ce genre de situation, se ferma instantanément, comme une huître. Son visage se fit sévère, avec cette ride qui creusait son front, comme toujours dans ces moments-là.

— Ton père est mort, laisse-le tranquille et… fous-moi la paix par la même occasion.

Charlotte se leva à son tour et emboîta le pas à son vieux compagnon. Il semblait à Cloé que son regard s'était fait fuyant. Elle le ramena dans la pièce au bout de quelques minutes.

— Écoute, je ne sais pas ce que tu cherches et très franchement, cela ne m'intéresse pas. Malheureusement Jean n'est plus des nôtres et je ne répondrai pas à sa place. Tu vas devoir faire comme tout le monde : apprendre à vivre et à accepter de ne pas toujours tout connaître. Nous en sommes tous là. La vie de Jean Lebon ne t'appartient pas, sa mémoire non plus, que cela te plaise ou non. Maintenant, parlons d'autre chose.

— J'interrogerai maman…

— Tu feras ce que tu voudras, mais je te le déconseille. Marie a le droit de se reposer. La disparition de Jean l'a secouée et tu dois respecter cela. J'y veillerai.

Sans qu'elle sût pourquoi, cette dernière remarque fit frissonner Cloé qui crut y déceler comme une menace. Elle finit son croissant et son café puis sortit du bar, laissant Pierrick à ses préparatifs. Elle ne vit pas le coup d'œil qu'il lui envoya tandis qu'elle refermait la porte.

Obstinée, elle décida d'inviter Marie au restaurant. Elles iraient aussi se promener à Deauville, partiraient pour la journée. Ainsi, Marie ne pourrait pas se défiler. La jeune femme réserva à Deauville, au Cheval blanc, pas très loin de la douane. Elle avait demandé une petite table à l'écart. Elles avaient à parler.

Un serveur les accueillit et leur conseilla le plat du jour. La maison offrait l'apéritif. Alors qu'elles attendaient, Marie, un peu ailleurs, semblait se concentrer sur de très jolies assiettes de porcelaine avec des personnages en costume traditionnel normand dessinés dans le fond qui décoraient les murs.

— Elles doivent être vieilles. Ta grand-mère avait les mêmes. Je dois en avoir encore une ou deux. Elles seront pour toi plus tard… murmura-t-elle, comme pour elle-même.

— Maman, je voudrais que l'on discute.

— Toujours parler… ton père, lui, n'était pas très loquace. Tu ne tiens pas de lui ni de moi d'ailleurs. Enfin… puisqu'il le faut… soupira-t-elle. De quoi veux-tu que nous parlions ?

— De toi. Et de moi aussi. Mais surtout de toi. Cloé prit une grande inspiration. Maman, tu ne peux pas continuer à vivre comme ça.

— Comment « comme ça » ? demanda Marie, déjà sur la défensive.

— Tu ne peux pas rester toute seule. S'il t'arrivait quelque chose… Et puis Papa n'aurait pas aimé ça. Tu sais, il m'avait dit de veiller sur toi la veille de… enfin, la veille. Pourquoi n'ac-ceptes-tu pas la proposition de Charlotte ? Cela me rassurerait.

— Je n'ai aucune envie d'habiter avec Charlotte, même pour te faire plaisir ou encore te rassurer. D'autre part, je te rappelle que j'aurai bientôt soixante-sept ans…

— Mais justement !

— Eh bien oui, justement. Vivre seule dans ma maison n'est pas plus inadapté que vivre seule à ton âge sur un chalutier amarré devant un bistrot de vieux. Crois-moi, je suis bien plus à ma place que tu ne l'es à la tienne.

Cloé ne s'attendait pas à cette réaction violente et préféra changer de sujet de conversation. Sans vraiment s'en rendre compte, elle aborda celui qui lui tenait tant à cœur.

— Bon, je suppose que tu as raison, excuse-moi. Je suis mal placée pour te faire la morale. C'est juste que je m'inquiète pour toi, tu ne peux pas me le reprocher.

Marie se radoucit et passa sa main à la peau nacrée sur la joue de sa fille, un geste familier ; son geste. Aussi loin qu'elle remontait dans ses souvenirs, Cloé le retrouvait, consolateur tendre et aimant. Le geste de Marie.

— Maman, on m'a dit que papa n'allait pas bien ces derniers temps. Tu penses que sa disparition… comment dire, pourrait être autre chose qu'un accident ?

Cloé n'osait pas utiliser le mot « suicide ». La vieille femme blêmit ; elle retira sa main et ses doigts se crispèrent sur la nappe blanche. Enfin, ses lèvres se mirent à trembler.

— S'il te plaît ! Que me caches-tu ? Que me cachez-vous, tous ? J'ai le droit de savoir. Jean Lebon était mon père…

— Il était mon mari, ne l'oublie pas. Quoi qu'il en soit, je ne comprends pas les questions que tu te poses.

— Je crois au contraire que tu comprends très bien. La preuve : tu trembles. C'est comme avec Pierrick…

— Quoi Pierrick ? l'interrompit Marie, tu lui as parlé ? Que t'a-t-il dit ?

— Rien, justement ! Vous me cachez quelque chose ! je veux savoir, je suis adulte.

— Cloé, tu sais que tu ne feras pas revenir ton père. Cesse de te tourmenter, de chercher des mystères. Il faut accepter, c'est tout. Maintenant, ramène-moi s'il te plaît. Je n'ai plus faim et je suis fatiguée.

Les deux femmes reprirent donc la route d'Honfleur, après que Cloé se fut confondue en excuses auprès de la patronne du restaurant. Afin de détendre l'atmosphère, elle emprunta le chemin de Barneville qu'elles aimaient tant. Il longeait un petit étang, enfoui dans un bouquet de trembles. Quand elle était gamine, Jean lui avait raconté qu'une de ses ancêtres s'était noyée là. Elle avait toujours été fascinée par cet endroit et il lui semblait parfois apercevoir la jeune femme flotter dans l'eau sombre et silencieuse.

Mais Marie, distante et tendue, ignora le paysage pourtant cher à son cœur. À Honfleur, elle refusa le verre que sa fille lui proposa de prendre en terrasse à L'Embarcadère.

Non, elle voulait rentrer chez elle, et seule.

Quelques jours plus tard, elle surprit tout le monde en annonçant sa décision de déménager pour emménager à La Source. Elle y avait acheté un studio meublé. Quand elle n'aurait pas le courage de cuisiner, elle pourrait aller au « restaurant », nom donné à la cantine. On y mangeait bien, elle s'était renseignée. Après avoir proposé à Cloé de récupérer ce qu'elle désirait, elle vendit tout ; tout sauf ses disques, son phonographe, certains livres qu'elle aimait, quelques photos, la pipe en écume que Jean tenait de son grand-père, et sa casquette « du dimanche ». Elle partit donc un matin, sans un regard pour cet endroit dans lequel elle avait pourtant vécu plus de quarante ans, refusant, la tête haute, le bras que lui tendait sa fille.

À vrai dire, et même si elle n'osait pas trop se l'avouer, cette décision avait rassuré Cloé même si pour la jeune femme, c'était encore une nouvelle page qui se tournait. Elle redoutait ce moment, quand une autre famille s'installerait dans son espace. Enlèveraient-ils le papier peint de sa chambre ? Ponceraient-ils cette vieille poutre dans laquelle elle avait gravé son prénom ? Sa maison changerait-elle d'odeur et de couleurs ? Se souviendrait-elle de la petite Cloé ? Continuerait-on à faire sécher la monnaie-du-pape et les échalotes dans la cave ? Il lui semblait qu'on la mutilait. Et cela était infiniment douloureux.

Avec le temps, Cloé reprit le cours de sa vie même si elle allait encore au bout de la jetée, scruter l'horizon. Les travaux du Local étaient maintenant bien avancés. On était en train de refaire sa toiture, en ardoises évidemment. Elle avait hâte de taper, d'abattre, de frotter, comme à l'époque, quand elle aidait sur Le Cyrano. Travailler ne lui faisait pas peur, elle avait de l'énergie à revendre et surtout elle était impatiente d'ouvrir sa librairie... avec Rose. Elles en avaient discuté à maintes reprises, mais contre toute attente, cette dernière ne semblait pas décidée.

— Le bassin te rassure peut-être, moi il m'étouffe. Cette atmosphère confinée me pèse. J'ai besoin d'espace et d'air et je ne pense pas pouvoir jamais m'épanouir au Local. Pourquoi ne ferait-on pas le contraire ? Tu pourrais quitter Honfleur... Tu pourrais revendre et t'installer ailleurs. Y as-tu seulement déjà songé ? Qu'est-ce qui te retient ainsi là-bas ?

Cloé la regarda, effarée. Partir d'Honfleur ? Mais Rose semblait très sérieuse ; son visage d'ordinaire si jovial était grave.

— Quitter le Cyrano ? Et tu as pensé à Marie, Charlotte et Pierrick ? Ils sont ma famille ; je dois rester avec eux. Si...

— Si Jean revenait, c'est bien ça ? Mais Jean ne reviendra pas. Et tu le sais. Quant au Cyrano, c'est un bateau, rien de plus, rien de moins. Vivre avec Charlotte, Pierrick et ta mère ? Mais Cloé, peut-être faudrait-il que tu te décides à prendre ton envol ? Ne t'appelle-t-on pas « le Moineau » ? Tu parles d'un moineau… Un moineau sans ailes oui ! Regarde-toi, tu ne fréquentes que des vieux. Je ne t'ai jamais vue avec une personne de ta génération. À croire que tu refuses de grandir. Tu n'as pas le choix pourtant, et on en est tous là. En fait, je crois que tu as la trouille ! Tu es une trouillarde Cloé Lebon. Alors, je vais te donner un conseil, un vrai conseil d'amie : je crois que tu devrais partir. Tu pourrais rencontrer quelqu'un, un homme qui n'aurait pas soixante-dix ans… ajouta-t-elle en lui tirant la langue. Ah ça non, reprit-elle, je ne viendrai pas m'enterrer à Honfleur, je suis désolée. Moi, je suis vivante. Et puis, je n'aime pas Pierrick, tu le sais. Je le trouve tellement arrogant et autoritaire. D'ailleurs, il me le rend bien, et c'est de bonne guerre ! Je ne te rejoindrai pas parce que moi, j'ai besoin de voir des gens, de sortir, de séduire. J'aime aussi que l'on me séduise. J'aime rire et boire ; j'aime faire l'amour… Que veux-tu que j'aille faire à Honfleur ? Travailler au Local et le soir, manger à L'Embarcadère ? Non merci, très peu pour moi. Par contre oui, j'aimerais travailler avec toi. Voilà, tu as les cartes en main.

Cloé n'avait pu s'empêcher de trouver son amie un peu sévère avec Pierrick, même si, au fond d'elle, une voix lui murmurait que peut-être, elle n'avait pas tout à fait tort. Il fallait bien reconnaître qu'elle n'avait pas la vie dont on pouvait rêver à trente ans, entourée de trois vieux, de quelques marins et de peintres… Que pouvait savoir Rose de ce qu'elle ressentait ?

Et d'ailleurs, était-elle beaucoup libre qu'elle ? Cloé connaissait son histoire. Rose, qui se disait si «émancipée» était en fait une femme malheureuse qui attendait le retour de son amant, un comédien à qui elle avait donné la réplique dans une petite pièce d'un auteur de la région et qui avait fini par partir avec une autre partenaire. Cela faisait six ans qu'elle attendait son retour et elle avait fini par se construire un joli mensonge auquel elle avait choisi de croire elle-même. Cloé avait été tentée de lui en faire la remarque, de lui dire qu'elle aussi vivait, à sa façon, avec un fantôme, mais elle avait préféré se taire. Il n'était pas utile de raviver certaines plaies, et après tout, Rose ne désirait rien d'autre que l'aider.

Le printemps semblait décidé à s'installer sur la Normandie et le soleil tant désiré acceptait enfin d'apparaître. Il était temps : la nature et les gens étaient avides de lumière. La campagne normande, si belle à cette époque, était offerte aux primevères, aux jonquilles, aux pommiers et aux cerisiers en fleurs. Cet hiver 1993 avait été particulièrement redoutable, gris, triste, sombre. De la pluie tous les jours. Cloé avait pris l'habitude de dire que la nature, elle aussi, était en deuil. Mais en ce jour d'avril, le port d'Honfleur était comme transfiguré. Les peintres, à l'affût, préparaient leurs couleurs. Ils étaient tous là, autour des quais Sainte-Catherine, sous la protection bienveillante d'Eugène Boudin et de Monet. Bien sûr, l'incontournable Jean-Yves était au rendez-vous.

Au bout de la jetée, l'eau était plus bleue et quelques châteaux de sable commençaient à fleurir sur la plage, comme autant de signes annonciateurs des beaux jours qui reviendraient bientôt. C'était l'époque du renouveau. Cloé vivait désormais à plein temps sur le chalutier. La ville d'Honfleur, en hommage et par amitié pour Jean l'avait autorisée à rester à quai, parmi les plaisanciers. L'enquête n'avait rien donné : la disparition de Jean resterait donc un mystère.

D'abord, on s'était beaucoup inquiété pour la jeune Cloé. Aujourd'hui, on se félicitait de voir qu'elle allait mieux même si on la trouvait vraiment trop solitaire. À son âge, on se serait attendu à ce qu'elle «fréquentât», comme disent nos grand-mères. Elle pourrait rencontrer un gentil garçon. Mais cela ne risquait pas d'arriver tant qu'elle continuerait de vivre ainsi, sur son chalutier. En fait, maintenant, c'était pour Marie que Cloé, Pierrick et Charlotte se faisaient du souci. En effet, si les premiers mois, celle-ci avait semblé «tenir», elle avait ensuite rapidement décliné, sombrant dans de longues périodes de profond mutisme. De plus en plus, son regard se faisait absent, mélancolique. D'autres fois, elle paraissait surprise ; peut-être de survivre à son Jean. Il était si plein de vie que son absence en était assourdissante. Cela lui hurlait dans la tête, si fort qu'elle s'en bouchait parfois les oreilles. À d'autres moments, on avait l'impression qu'elle avait peur ; une peur et sournoise, de celles qui s'installent en vous, pour ne plus vous lâcher. Pour tout dire, Cloé s'inquiétait sérieusement pour la santé mentale de sa mère.

2ᵉ PARTIE

Cobh, Comté de Cork, Irlande
Septembre 1995

Comme toujours le samedi, l'animation était étourdissante dans le port de Cobh : le Blue Ocean s'apprêtait à larguer les amarres. Le bâtiment était impressionnant, dans la plus pure tradition de ces paquebots qui ont fait de Cobh un port touristique. En effet, l'histoire de cette ville avait toujours été liée à ces géants des mers et personne n'oubliait ici qu'elle avait été la dernière escale du Titanic. Ce jour-là, ils avaient été une centaine à embarquer et seule une quarantaine d'entre eux avaient survécu.

Mais ce 3 septembre, le Blue Ocean n'était pas le seul à prendre le large. Pas très loin, un homme s'affairait lui aussi à préparer son voilier.

Le moment était venu pour Harold Sullivan de partir.

Cela faisait plusieurs mois que son bateau était à quai, offert à la vue de tous. Harold Sullivan, lui, se partageait entre son appartement de Cobh et un manoir familial perdu sur la falaise, là-bas sur la pointe de Sheep's Head. Propriétaire d'une distillerie héritée de son père, il appartenait à une vieille famille ancrée à Cobh depuis plusieurs générations. Certains des siens avaient d'ailleurs fait partie de la centaine de passagers disparus lors du naufrage du tristement célèbre paquebot. Chassés par la grande famine, désireux de tenter leur chance ailleurs, ils avaient décidé de partir pour le Nouveau Monde. Son arrière-grand-père quant à lui, avait fait le pari de rester sur la terre de ses ancêtres et s'était mis en tête de monter une distillerie. L'affaire avait prospéré et s'était transmise de génération en génération. Harold Sullivan ayant choisi de profiter de la vie et sa situation le lui permettant, il en avait confié les rênes à un régisseur.

Ainsi donc, s'il n'était pas sur les mers, ou en train de visiter des terres nouvelles, il restait dans sa vieille demeure familiale. Quand il ne se promenait pas des heures durant sur la falaise, il s'enfermait dans sa bibliothèque. La rumeur lui prêtait bien une vahiné dans les îles du Pacifique et même une fille, mais on n'était sûr de rien. En fait, on avait mieux connu sa mère, Madame Églantine, une femme douce que tout le monde aimait. Française, elle avait choisi de rester à Cobh après que son époux, Patrick Sullivan, fut parti un jour, pour continuer sa vie ailleurs. Sans jamais se plaindre, elle s'était occupée de la distillerie, espérant toujours le retour du mari volage. Maintenant, Madame Églantine reposait dans le petit cimetière, près de la chapelle, en haut de la falaise. Seule. Plus tard, bien plus tard, l'ami Jack l'avait rejointe.

Ce trois septembre 1995, Harold Sullivan avait décidé de reprendre la mer. Destination : la France. Pour l'instant, il avait réservé un emplacement dans le bassin d'Honfleur sur la Côte Fleurie. Il partait pour longtemps, en effet il avait prévu également un séjour à Tahiti où l'attendait la jeune et jolie Poehina.

6 septembre 1995

Comme souvent à cette époque, la terrasse de L'Embarcadère était bondée de touristes et de résidents qui goûtaient à la douceur de ce début de septembre. L'été avait été clément; Honfleur était heureux. À l'une des tables, on jouait aux dominos en devisant tranquillement. On parlait du LOTO organisé le lendemain à La Source. Tiens, d'ailleurs, avait-on des nouvelles de Marie? Elle en perdait, à ce qui se disait. Si ce n'était pas malheureux un drame pareil! Et dire que cela ferait bientôt deux ans! C'était quand même incroyable cette disparition!

En face d'eux, à quelques mètres, le Cyrano attendait sa propriétaire. Le vieux chalutier avait sérieusement besoin d'un coup de neuf. Sa peinture bleu ciel s'écaillait. Il allait être temps de le passer au calfatage, et elle ne pourrait pas s'en sortir toute seule. Émus par l'entêtement de Cloé à rester sur le bateau de son père; les pêcheurs décidèrent de l'aider. C'était une chouette gamine, un sacré p'tit bout d'femme. Pierrick pouvait être fier de sa filleule! Rien en commun avec ces filles qui s'habillaient n'importe comment et qui ne demandaient qu'à rejoindre la ville! On en était là de la discussion quand on la vit arriver. Elle marchait doucement, songeuse. On se regarda d'un air entendu. On était jeudi, et comme toutes les semaines depuis deux ans

63

maintenant, Cloé était partie sur la digue lancer une rose jaune à la mer.

— Eh Moussaillon, viens boire un café avec nous ! Patron, sers donc ta filleule, elle est gelée. Cela doit souffler fort aujourd'hui sur la jetée.

La jeune femme salua ses amis pêcheurs en souriant.

— Vous êtes si gentils ! Heureusement que je vous ai tous.

— On parlait de toi. Tu as vu, tu vas avoir un voisin…

On avait su au Club Nautique que l'emplacement à côté du Cyrano avait été réservé pour ce jour. Un voilier, du très beau, avait-on même précisé.

— Oui, je l'ai aperçu de la digue. Ça a l'air d'être un sacré bateau.

Une heure plus tard, ils étaient encore en train de bavarder quand le voilier fit son entrée dans le bassin. Le spectacle était impressionnant, le navire superbe. Treize mètres, tout en bois, merveilleusement travaillés. Le bassin hocha la tête d'un air entendu, en connaisseur, comme un artisan reconnaît de la belle ouvrage. Toute l'activité semblait s'être suspendue : on savourait. On cherchait un pavillon qui aurait pu nous renseigner quant à la provenance de ce prestigieux voilier. Le Kaoha Nui, c'était son nom, intriguait autant qu'il émerveillait. Un vieux marin l'assista dans sa manœuvre tandis qu'il s'apprêtait à prendre place près du Cyrano. Enfin, aimablement, Harold Sullivan remercia son aide et salua « son public ».

— Vous avez vu Pierrick, elle va en avoir un beau voisin, notre Cloé…

— Et alors ? l'interrompit, Pierrick l'œil mauvais.

Ce dernier entra brusquement dans le bar en claquant la porte. On se regarda, interloqué. C'était bien du Pierrick ce genre de colère rentrée. Dans ces cas-là, mieux valait se taire. Il ne fallait pas trop chatouiller le bonhomme quand il était de mauvaise humeur ! À Honfleur, tout le monde savait ça !

— Bon, ce n'est pas le tout, dit-elle, mais je dois filer. On m'attend à Caen en début d'après-midi.

Elle entra dans le bar, embrassa son vieux parrain qui boudait en essuyant des tasses. Charlotte, dans un clin d'œil, lui tendit le sandwich préparé pour elle et deux parts de clafoutis aux pommes. Elle la remercia, elle n'en avait pas pour longtemps, et dînerait avec eux, comme tous les jeudis. Elle laissait à Charlotte le soin de convaincre Marie de se joindre à eux.

À son retour, le Kaoha Nui était amarré près du Cyrano. À côté de lui, le chalutier paraissait minuscule. Son propriétaire était occupé à faire du rangement sur le pont. Il l'interpela alors qu'elle enjambait le bastingage.

— Bonsoir, je suis Harold. Vous êtes Cloé, n'est-ce pas ?

— En effet, mais je…

Elle le salua d'un hochement de tête avant d'entrer dans la cabine, intimidée. Elle le regarda à la sauvette, à travers la fenêtre. Harold était indéniablement un bel homme, à l'image que l'on se fait parfois du marin plaisancier. Viril, un brin mystérieux, la barbe impeccablement mal rasée, argentée juste ce qu'il faut, les cheveux grisonnants, un peu longs. Alors qu'elle le dévisageait ainsi, ce dernier se pencha et lui fit un signe de la main. Cloé, écarlate, tira le rideau d'un geste sec.

Quand elle rejoignit L'Embarcadère où l'attendaient Charlotte et Pierrick, une table de trois couverts avait été préparée, Marie ayant, une fois encore, décliné l'invitation. Il s'agissait de dîner tôt pour être disponible rapidement. Un match de football était retransmis à vingt heures, le Stade Malherbe de Caen contre Guingamp ! La clientèle serait nombreuse à suivre la rencontre au bistrot et le patron, Breton de cœur, en était déjà tout énervé. Alors que Charlotte s'apprêtait à servir l'apéritif, la porte s'ouvrit sur le nouvel arrivant.

— On peut manger ?

Bien sûr qu'il pouvait manger. Elle avait rapporté des œufs « de la ferme ». Oui, c'est ça, elle allait lui faire une bonne omelette, à moins qu'il ne préférât un reste de pot-au-feu de la veille ?

— Allons-y pour une omelette.

— C'est comme si c'était fait, mais avant, laissez-nous vous offrir l'apéritif. Pierrick, occupe-toi de Monsieur…

— Harold… s'il vous plaît.

— … De Monsieur Harold. Je suis Charlotte, voici Pierrick et Cloé, votre voisine ; mais vous avez déjà fait connaissance, je crois.

Pierrick se leva à contrecœur. Charlotte n'était pas obligée de raconter leur vie ! Quant à offrir l'apéritif… D'où lui venait cette nouvelle lubie ?

— Et si vous mangiez avec nous ? Vous n'allez pas rester tout seul, c'est idiot ! C'est dit, je vous rajoute une assiette.

Harold se leva et dans un sourire se pencha vers l'hôtesse pour un baisemain. Charlotte, séduite, devisait gaiement avec son invité alors que Pierrick, quant à lui, dissimulait à peine sa contrariété.

— Charlotte, votre omelette est délicieuse. Elle me rappelle celles que me cuisinait ma regrettée mère.

Bien sûr, Charlotte rosit du compliment tandis que son compagnon se renfrognait davantage. Soudain, sans trop savoir pourquoi, Cloé fixa le nouveau venu ; on aurait cru qu'elle le défiait :

— Je vis sur le chalutier de mon père. Il est disparu en mer il y a deux ans.

— Tout ceci ne regarde pas notre visiteur. Excusez-la, intervint Pierrick, nettement contrarié.

— Ne vous inquiétez pas… Je suis désolé pour vous mademoiselle Cloé, répondit-il gravement.

Quand il prit congé de ses hôtes, non sans les avoir remerciés pour leur gentillesse, et leur avoir proposé de visiter le Kaoha Nui dès le lendemain, Pierrick laissa libre cours à sa colère. Depuis quand invitait-on le premier venu à sa table ? Charlotte, dans un rire, se leva pour accueillir les clients qui commençaient à arriver pour la retransmission. Cloé quant à elle, décida de partir se coucher, enfila son blouson et sortit sans un mot. Elle prit le temps de fumer une cigarette en faisant le tour du bassin avant de regagner le Cyrano.

— Je peux faire quelques pas avec vous ?

— Comment saviez-vous que je m'appelais Cloé ?

— …

— Oui, tout à l'heure, quand vous vous êtes présenté, vous m'avez appelée par mon prénom.

Harold parut déconcerté. Il bredouilla quelques mots, il avait dû entendre son prénom sur les quais. Il y avait tant de monde à son arrivée. La réponse sembla satisfaire la jeune femme qui décida de regagner la cabine exiguë du Cyrano.

Harold s'adapta très vite à la vie honfleuraise. On avait bien remarqué autour du bassin qu'il était souvent avec le Moineau et on s'en félicitait. On s'était renseigné à la Capitainerie : il avait réservé pour au moins six mois encore. En fait, seul Pierrick restait hostile et méfiant. Rien n'y pouvait, il ne le supportait pas. Et puis d'abord, d'où venait-il ? Le vieil homme n'avait pas confiance en ces étrangers qui débarquaient et qui s'installaient. Et qui charmaient nos filles. Parce qu'il voyait clair dans son jeu.

— Tu te rends compte, il doit avoir cinquante ans ! Le double de Cloé.

— Il en a quarante-sept, et Cloé est adulte. Je te rappelle qu'elle aura bientôt trente ans. Moi, je trouve ça bien qu'elle se décide à rencontrer du monde. Harold est charmant et tu t'en rendrais compte si tu n'étais pas aussi borné.

Mais Pierrick faisait preuve d'une mauvaise foi totale, restait sourd, muré dans son entêtement. C'était une de ces antipathies spontanées, infondées, viscérales et surtout, sans appel, faite de jalousie, de méfiance et de refus de l'inconnu.

— Pierrick, Cloé ne nous appartient pas, ne t'appartient pas. Laisse-la tranquille. Rencontrer Harold est assurément ce qui lui est arrivé de mieux ces derniers temps. Elle semble enfin reprendre goût à la vie, ce qui devrait te ravir. Mais tu es trop égoïste, et trop jaloux aussi. Tu as peur Pierrick. Tu trembles à l'idée qu'elle puisse nous quitter alors que moi j'attends ce moment avec impatience. Nous arrivons à la fin de notre vie, elle commence la sienne. Tu n'as pas le droit de l'en priver, je ne te laisserai pas faire.

Ils avaient eu cette discussion un soir qu'Harold avait invité sa voisine à manger sur son bateau. On était jeudi et Cloé, pour la première fois, avait fait faux bond à son parrain et à Charlotte, leur préférant la compagnie du « Beau Galant » comme l'avait surnommé Rose. Pierrick n'avait pas décoléré. Si Jean avait été encore là, il n'aurait pas laissé faire… certainement. Bien sûr, ces soirées se renouvelèrent et Cloé fit découvrir la région à son nouvel ami. Elle lui présenta sa ville, sa Lieutenance qui à une époque éloignée, avait servi de résidence au lieutenant du roi. Il aima les greniers à sel et la vieille église Sainte-Catherine, toute de bois, avec son clocher séparé. Elle l'emmena aussi dans la forêt de Saint-Gatien-des-bois, si chère à son cœur d'ancienne petite fille. Elle disait en connaître chaque arbre, chaque ronce, n'avait pas son pareil pour trouver les coins à mûres ou les fraises des bois. Cette forêt avait beau avoir appartenu à de nombreux propriétaires, dont Mademoiselle de Montpensier, elle restait avant tout la forêt de Cloé. D'ailleurs, un de ses arbres portait ses initiales. Aujourd'hui encore, elle n'avait pas son pareil pour surprendre les chevreuils et les biches.

Ce jour-là, c'était à Caen que les deux amis avaient prévu de se rendre. Harold, féru d'architecture, voulait visiter des églises.

C'est donc tout naturellement que Cloé s'était proposée pour lui servir de guide. Elle en profiterait pour lui présenter Rose. Ils prirent donc la vieille deux-chevaux blanche, cadeau de Jean auquel sa fille tenait comme à la prunelle de ses yeux. Pas d'autoroute, ils passeraient par la côte ayant tout leur temps.

Harold fut séduit par la ville de Caen. Il s'émerveilla devant les Abbayes aux Dames et aux Hommes. Il demanda aussi à visiter Saint-Pierre et Notre-Dame-de-Froide-Rue puis l'église Saint-Jean et s'inquiéta de son air penché. Là, il alluma un cierge. Un peu déroutée, la jeune femme, silencieuse, le regarda faire.

— C'est pour ma mère. Elle connaissait Caen et m'avait parlé de cette église si singulière. J'aime cette idée de la petite flamme qui va brûler pour elle. Et si vous en mettiez une pour Jean ?

Elle ne sut que répondre. Poser un cierge pour son père… cela aurait fait bondir le vieux marin. Mais contre toute attente, elle accepta, sous le charme de cette intimité partagée.

— Je crois que je vais devoir revenir. Pour un passionné d'architecture comme moi, cette ville est magique ! il y a des églises partout ! Je veux toutes les visiter.

Ils optèrent pour un sandwich sur les pelouses du château. Cloé se décida enfin à lui poser la question qui lui brûlait les lèvres depuis quelque temps.

— Parle-moi de toi Harold. Tu sais beaucoup de choses à mon sujet ; tu connais même ma famille. Mais toi, tu gardes tes mystères. Moi aussi, j'ai envie de savoir. Je ne sais même pas si tu es marié…

— Non, mais j'ai une fille.

— Ah..., elle marqua un temps, elle est en Angleterre, parce que tu es anglais n'est-ce pas ?

— Non, elle n'est pas en Angleterre. Cependant, tu as raison sur un point : elle est bien dans une île, mais un peu plus loin : à Tahiti, pour être exact. Elle a vingt ans et elle s'appelle Poehina. En tahitien cela signifie « la perle de la déesse de la lune », c'est joli non ?

— Très, répondit Cloé, peut-être un peu sèchement.

— Elle vit là-bas avec sa mère, Aiata.

— Et ça veut dire quoi, « la fille du soleil » ?

— Non, en fait, cela signifie « la dévoreuse de nuages », répondit-il en souriant.

En deux secondes, Cloé se sentit insignifiante. Elle choisit de se concentrer sur une pâquerette, un peu pour se donner une contenance.

— Cela fait très longtemps que je suis séparé d'Aiata. Nous n'avons jamais même vraiment vécu ensemble et j'ai su pour Poehina alors qu'elle était déjà née.

— Tu la vois souvent ?

— Pas assez à mon goût. Mais Tahiti est à dix-huit mille kilomètres... on n'y va pas comme ça.

— Tu as vécu là-bas ?

— Pas vraiment ; j'y ai fait quelques séjours à une certaine époque. Je... je cherchais mon père.

Le regard de Cloé se fit plus vague.

— Et... tu l'as retrouvé ?

Harold lui prit doucement la main.

— Oui Cloé.

La jeune femme ne put réprimer un frisson.

— Tu as de la chance.

— Irlandais, reprit Harold, comme pour parler d'autre chose.

— Pardon ?

— Je suis Irlandais. Pas Anglais.

Ils décidèrent de marcher dans le château. Il faisait beau et les Caennais paressaient sur les pelouses. La jeune Normande raconta Guillaume le Conquérant et Mathilde.

— Chez moi, les châteaux ne ressemblent pas exactement à cela. D'abord, il y a la brume, le vent…

— Les fantômes aussi.

— Les fantômes, c'est surtout en Écosse, mais on doit bien en avoir un ou deux chez nous aussi.

Un instant, Harold fut tenté de prendre la jeune femme dans ses bras, mais il se ravisa. Ce n'était pas le moment d'autant plus qu'ils entendirent une voix qui les interpelait. Rose arrivait en courant.

— Harold, je présume ?

— Rose ?

— Ça me fait plaisir de te rencontrer ! On se tutoie ?

— Avec plaisir ! Alors, pas trop déçue par le « Beau Galant » ?

— Oh ! Cloé Tu exagères…

Rose, une seconde embarrassée, finit par sourire. Les deux sympathisèrent très vite, et la jeune femme se sentait bien au milieu de leurs rires et de leur chaleur. Honfleur s'éloigna, le temps d'un après-midi.

— Alors, cela fait du bien de se retrouver avec des jeunes non ? lança Rose sur un ton un peu moqueur.

— Jeune… jeune… Il a quand même une fille de vingt ans ! s'amusa Cloé en tirant la langue à Harold…

— Il n'empêche qu'à côté de Pierrick et Charlotte, c'est un gamin ! insista Rose

Elle lui plaisait bien cette Rose. Un peu gironde, pas très grande, appétissante comme une brioche dorée, le nez en trompette, ce que l'on remarquait d'abord, c'étaient ses yeux. Le regard bleu-gris, d'une infinie bienveillance, avec cette petite étincelle d'espièglerie qui le charma sur le champ. Elle avait une façon de sourire en pinçant un peu les lèvres qu'Harold trouva irrésistible. Oui, il était heureux que Rose fût l'amie de Cloé parce que l'on voyait tout de suite qu'elle avait le cœur sur la main, et que l'on pouvait compter sur elle.

— Dites, j'ai une idée ! vous n'êtes pas pressés ? Personne ne vous attend à Honfleur ? Si vous restiez là ce soir ? On pourrait passer la soirée ensemble. Je vous invite à manger chez moi, et après on se fait une petite sortie. Il y a un nouveau pub sur le port ; irlandais ! ajouta-t-elle en gratifiant Harold d'un clin d'œil. Vous n'aurez qu'à dormir chez moi, on se serrera !

— Cela me semble une bonne idée ! Et puis cela m'évitera de me faire fusiller par Pierrick ce soir… Cela me laisse un sursis ! Qu'en penses-tu, jolie Cloé ?

Mais Rose ne lui laissa pas le temps de répondre.

— Affaire conclue ! Je vais faire quelques courses ! Vous allez découvrir ma spécialité : les pâtes à l'ail ! On se retrouve chez moi à dix-neuf heures !

À peine sa phrase était-elle finie que Rose était déjà partie.

— Elle est toujours comme ça ? Elle me plaît beaucoup, dit Harold en souriant. Vous vous connaissez depuis longtemps ?

Cloé lui raconta donc leur rencontre et sa proposition de la rejoindre à Honfleur pour ouvrir une librairie ensemble.

— C'est un joli projet. Et elle est d'accord ?

Elle lui expliqua alors les réticences de son amie.

— Elle pense que je dois quitter le bassin.

Décidément, cette Rose lui plaisait beaucoup

— Je crois qu'elle a raison. Mais nous reparlerons de cela plus tard. Profitons de cette belle journée, et de ce qui nous reste d'après-midi.

Harold sourit à la jeune femme et doucement approcha son visage du sien. Timidement, il déposa un léger baiser sur ses lèvres. Cloé se raidit d'abord puis, les yeux fermés, se blottit contre lui et ils restèrent de longues minutes ainsi, sans dire un mot. Harold caressait ses cheveux mal peignés, et la jeune femme pour la première fois depuis longtemps, se détendit vraiment. Ce fut elle qui offrit ses lèvres pour un second baiser. C'est main dans la main qu'ils sonnèrent chez Rose une heure plus tard. Quand elle les vit, un sourire illumina son visage. Enfin... Elle remercia Harold pour le bouquet de fleurs qu'il lui tendait, tout autant que pour la bouteille de Mercurey qui l'accompagnait.

C'est dans le salon acajou du Kaoha Nui qu'ils firent l'amour pour la première fois. Dehors, on s'installait à la terrasse de L'Embarcadère pour l'apéro. Les gens devisaient profitant de la douceur la saison et on reconnaissait les voix des habitués.

— Quelqu'un a vu Cloé ?

Pierrick cherchait sa filleule. Jean-Yves, du menton, lui désigna le voilier.

— Elle est là Cloé, murmura Harold en souriant.

Cette promiscuité n'était pas pour lui déplaire, bien au contraire. Cela attisait son désir de savoir le vieux bonhomme caractériel si proche, lui qui, depuis si longtemps, subissait son mépris sans rien dire. Doucement il attira sa compagne à lui. Cloé, un peu gênée, riait avec lui, le suppliant d'être discret. Elle paraissait s'éveiller sous les baisers insistants de son amant. Timidement, elle déboutonna son chemisier. Elle ne portait pas de soutien-gorge et la vue de ses deux petits seins bruns haut placés chavira Harold de bonheur. Il s'agenouilla devant elle pour ôter le bouton de son jeans, s'émerveilla de son ventre plat et bronzé. Dans un frisson de gourmandise, il posa ses lèvres sur sa peau. Il lui semblait goûter la mer et l'écume. Frémissante, un peu timide encore, elle se laissait faire, avec sérieux et ravissement, offerte et curieuse. On aurait dit une élève attentive et appliquée, impatiente aussi.

Marie et Charlotte se réjouirent de cette relation, Pierrick beaucoup moins. Cloé, quant à elle, s'épanouissait enfin. Le calme d'Harold semblait la rassurer, la stabiliser. Il parlait peu, mais toujours à propos. Quand la nuit, elle se réveillait en tremblant, il était toujours là, près d'elle, pour la réconforter. Quand elle lui parlait de Jean, de l'accident, il savait se montrer patient. Très vite, Harold avait compris que Le Moineau prendrait une grande place dans sa vie. Il n'avait pas vraiment prévu cela. En venant à Honfleur, il ne s'attendait pas à tomber amoureux. Parfois, on avait l'impression qu'il aurait voulu lui parler, lui dire qu'il fallait passer outre ses blessures et grandir. Souvent, il semblait même un peu malheureux, cherchant ses mots. Il y avait tellement de choses qu'il aurait voulu pouvoir lui dire. Mais il ne savait pas comment s'y prendre. Alors, il reculait. Il aurait aimé lui expliquer que l'absence de Jean Lebon prenait trop de place. Ce n'était pas bon, ce n'était pas sain. Elle était vivante, et lui aussi. Il avait même osé affronter seul à seul le terrible parrain. Le vieil homme s'était contenté de le fixer, l'œil mauvais, la mâchoire et les poings serrés. Harold était prié de s'occuper de ses affaires, ceci ne le concernait pas. Mais ce dernier s'était levé :

— C'est ce que vous croyez Pierrick !

Enfin, il avait jeté quelques pièces sur le comptoir puis était sorti du bar, sans un regard et en claquant la porte. Il n'avait pas touché à sa bière.

Ce jour-là, Harold avait dû s'absenter. Cloé avait décidé d'en profiter pour aller au Local qu'elle négligeait depuis quelque temps. Désormais, l'endroit lui apparaissait comme un lien entre un passé qu'elle avait du mal à quitter et son avenir. Assise en tailleur au centre de la pièce, une chanson de Janis Joplin pour l'accompagner, elle s'offrit un dernier café dans un verre en pyrex, probablement volé à la cantine de l'école. Comme elle le faisait quand elle était gamine, elle le retourna pour l'interroger : quel âge lui donnait-il ? Trente-cinq ans. Il la vieillissait. Peut-être sa façon de lui dire qu'il était temps pour elle de grandir. Elle sourit, réajusta son foulard dans ses cheveux, resserra les bretelles de sa salopette, tira la langue au verre empoussiéré, le vida, et se mit au travail ! Objectif : retirer l'horrible crépi qui cachait les pierres de Caen, infiniment plus belles. Et puis elle voulait de la lumière ; à Honfleur, les fenêtres sont petites. On racontait qu'un artiste, en d'autres temps, était venu là, et qu'il aurait peint sur un mur. Pour certains, il s'agirait de Van Gogh, pour d'autres, de Gauguin. Quoi qu'il en soit, elle avait décidé de partir à la recherche de l'œuvre, un portrait de femme… C'était excitant comme une chasse au trésor, une quête. Pendant deux heures, elle tapa, creusa, frotta.

Quand, à midi, elle finit par s'octroyer une pause, elle était fatiguée, des ampoules aux mains. Quelques minutes plus tard,

Charlotte la retrouva assise dans la poussière, les bras autour de ses genoux, le bout du nez tout blanc. Elle lui apportait un petit en-cas dans un beau panier en osier. De fait, Cloé était affamée. Charlotte déballa une nappe rouge à carreaux sur laquelle elle posa une assiette et des couverts. Une part de bœuf bourguignon, préparé la veille fumait dans une marmite de fonte, accompagnée d'une généreuse portion de purée «maison». Un verre de vin. Cela sentait bon. Le pain était chaud et la mousse au chocolat des plus prometteuses.

— Charlotte, tu es adorable. Je ne sais pas ce que je ferais sans toi.

— Justement ma Cloé. Je m'inquiète pour toi. Tu ne peux pas rester comme ça, éternellement, vivre sur un bateau, à fréquenter deux vieux et à chercher une peinture qui n'a, si tu veux mon avis, probablement jamais existé.

Cloé fut surprise par cette attaque directe. Elle ne sut que répondre, essaya de se concentrer sur son assiette. Mais Charlotte ne semblait pas vouloir désarmer.

— Il ne te plaît pas ?

— La question n'est pas là. Il a une fille de vingt ans. Il n'y a pas de place pour moi.

— Je crois Cloé que tu as peur. Ou alors tu n'es pas honnête avec toi-même.

— Et toi Charlotte ? Après tout, tu n'as jamais épousé Pierrick.

Le visage de son amie se ferma soudain et ses yeux prirent une expression douloureuse. L'espace d'une seconde, Cloé se dit qu'elle était allée trop loin.

— Pardonne-moi Charlotte, je ne voulais pas te blesser.

Charlotte lui raconta ce qu'elle avait tu toutes ces années. Elle avait été mariée de force par ses parents à un marin plus âgé qu'elle. Plus âgé, mais fortuné. Denis, comme elle, venait du Pays de Caux, de Saint-Valéry-en-Caux, exactement. Elle avait tout fait pour retarder l'échéance, mais cela n'avait pas suffi. La nuit de noces avait été terrible. Denis était une brute. La jeune et frêle Charlotte s'était retrouvée entre ses pattes rougeaudes, aux doigts épais et sans douceur. Il l'avait prise de force, sans délicatesse, sans tendresse. Meurtrie, le cœur en larmes, Charlotte avait pleuré sa douleur. Ils avaient rejoint Honfleur quelque temps après et avaient rencontré Jean et Pierrick. Bien sûr, Pierrick lui « avait tapé dans l'œil », et elle avait bien vu que c'était réciproque. Quant à Denis, elle trouvait son mari vieux et laid. Sa peau laiteuse, l'odeur âcre de sa transpiration, lui donnait des hauts le cœur. Évidemment, il ne l'avait pas rendue heureuse. Oh non ! L'homme était rustre ; mauvais comme une teigne, des oursins plein les poches. Jamais il n'aurait offert sa tournée. Charlotte, de son côté, continuait de se tuer à la tâche. Quand elle ne travaillait pas à la ferme de ses parents, elle faisait des ménages dans les riches demeures des Parisiens. Et toujours, elle apportait à Pierrick des légumes du potager et des œufs. Parfois, souvent, elle passait une heure ou deux avec Marie. Elles buvaient un café, mangeaient quelques gâteaux en discutant. Et puis, elle adorait la petite Cloé.

Or, un soir, qu'il était venu chercher Denis pour faire une partie de dominos au bar, Pierrick avait trouvé Charlotte, le bras soutenu par un foulard, la joue violacée. La jeune femme avait eu un pauvre sourire. Une mauvaise chute dans l'escalier, telle avait été l'explication, peu convaincante qu'elle lui avait donnée dans un pauvre sourire. Le regard perçant de Pierrick avait plongé dans celui, aviné de Denis. Un regard bleu qui accusait, prévenait, menaçait aussi. Quelques jours plus tard, une nouvelle chute ; celle-là plus lourde de conséquences : Charlotte qui était enceinte, avait perdu son petiot ce jour-là. Un p'tit gars. Cette période avait été très difficile. Pierrick avait embarqué le mari violent dans une ruelle sombre d'Honfleur. L'altercation avait été rude et Denis n'en était pas sorti indemne. À partir de ce jour, il avait rasé les murs en le croisant. Charlotte avait pu enfin être à peu près tranquille, à peu près, parce qu'il était évident qu'elle ne se remettrait jamais ni de cette fausse couche traumatisante ni du fait qu'elle n'aurait jamais d'enfant.

Un an plus tard, Denis disparaissait en mer. Bien sûr, on ne s'en félicitait pas ouvertement, mais sa mort fut loin d'être pleurée. Et puis, il était sorti malgré une forte houle. Un SOS avait été lancé et Pierrick et Jean, de permanence ce soir-là étaient allés le secourir. Ils n'avaient pu que constater l'accident. À leur arrivée, le bateau était vide. Les deux amis étaient donc rentrés et avaient rejoint Charlotte pour lui expliquer le drame. Pendant longtemps pourtant, la jeune femme s'était attendue à voir Denis enfoncer la porte d'un coup de pied pour s'affaler comme à son habitude, sur la table. Puis, les années étaient passées. Jean avait souvent tenté de « secouer » Pierrick. Il fallait qu'il fasse ce qu'il aurait dû faire depuis toujours : faire sa demande, épouser sa Charlotte. Et qu'aurait-on dit-on si on les avait vus

unir leur vie ? Malgré tout, Charlotte et Pierrick étaient redeve-
nus inséparables, quoiqu'indubitablement séparés. Aujourd'hui
pourtant, les rides et la vieillesse les avaient fait se ressembler. Ils
étaient devenus de vieux compagnons. Charlotte prenait soin
de son Pierrot comme elle l'appelait, et c'était très bien ainsi.

Ce qu'il ne savait pas Pierrick, c'est que sa Charlotte était bien
mal en point. Depuis des mois, elle faisait tout pour lui cacher
ses malaises et son trouble ; ses pertes d'équilibre et de mémoire.
Ne pas céder de place à la maladie, pour ne pas se laisser envahir
par elle. Alors, on marchait moins vite, on riait moins fort. On
évoquait un peu moins le passé ni l'avenir, à vrai dire. Non, on
apprenait à savourer le présent, avec délicatesse, comme pour
ne pas rompre cette harmonie de plus en plus fragile. Ils étaient
de ceux dont on disait qu'ils ne pourraient plus vivre séparément
et qu'ils se suivraient de pas beaucoup, le moment venu.

Cloé restait là, tenant la main de Charlotte entre les siennes,
émue par ces confidences. Cette discussion était comme un
nouveau lien qui se tissait entre les deux femmes. Son amie
semblait enfin disposée à parler. On avait le sentiment qu'elle
éprouvait le besoin de confier toutes ces années de silence. Cloé
la regardait avec attention, pour « photographier » son si doux
visage. Elle se rendit compte soudain que Charlotte avait vieilli.
Cela la surprit, comme si elle la pensait protégée du temps qui
passe. Mais non, cette main aux veines bleues de plus en plus
apparentes qui se tendait vers elle était bien une main de vieille
femme. Elle ne connaissait de ces mains que leur incroyable

douceur. Elles étaient faites pour caresser, pour consoler, pour servir aussi. Des mains qui maintenant tremblaient un peu.

Charlotte caressa la joue de Cloé et l'embrassa doucement. Un baiser qui sentait bon l'eau de Cologne et le savon. Bien sûr elle ne lui avait rien dit sur son état de santé, ce serait leur secret ; il ne fallait pas que Pierrick sût : il se serait fait du souci.

— Pars avec Harold. Ne perds pas de temps, tout cela passe si vite.

Quand elle repartit, Cloé resta songeuse ; un peu triste. Jamais encore elle n'avait pensé qu'un jour Marie, Pierrick et Charlotte ne seraient plus là. Que serait Honfleur sans eux ? Les choses allaient devoir «bouger», évoluer, c'était évident. Elle en prenait seulement conscience. En attendant, elle se remit au travail avec encore plus d'énergie. Pendant ce temps-là, elle n'avait pas à réfléchir. Quand enfin, elle sortit de la pièce, le soir avait déjà commencé de tomber. Il faisait doux, Honfleur était tranquille. La jeune femme regagna son chalutier ; elle choisit de dîner seule. Avant de rejoindre sa couchette, elle jeta un regard vers son voisin majestueux. Petit à petit, insidieusement, elle sentit alors le doute s'installer. Cloé se recroquevilla dans son petit lit, aurait voulu être ailleurs, loin. Les immeubles qui se touchaient l'étouffaient maintenant, l'eau sombre du bassin l'angoissait. Il lui sembla que le cliquetis des mâts lui soufflait des paroles qu'elle ne comprenait plus. La lune, elle-même, son amie de la nuit, était absente et l'abandonnait à ses angoisses.

Elle se releva et décida d'aller sur Le Kaoha Nui. Il était une heure quand Harold rentra. Cloé se jeta à son cou. Il devina ce qui la tourmentait.

Quelques jours plus tard, Harold souhaita réunir toute l'équipe à L'Embarcadère. L'ambiance était glaciale malgré les efforts redoublés de Charlotte et d'Harold. Pierrick s'était muré dans un silence de pierre ; Marie, quant à elle, était comme absente, comme c'était si souvent le cas depuis quelque temps. Soudain, la vieille femme se leva et lâcha une assiette qui se brisa contre la tomette dans un bruit sec. Pierrick redressa brusquement la tête et planta son regard dans celui de sa complice.

— Pierrick Lemeur, mon ami, cela suffit. Tu es une vieille mule. Peut-on savoir ce qui te tracasse à ce point ? Tu ne le sais pas toi-même, avoue-le. Tu me fatigues, tu nous fatigues tous !

— Mais…

Mais Charlotte ne le laissa pas répondre. Elle était lancée.

— Qu'as-tu à reprocher à Harold ? Rien. Tu as décidé avant même qu'il ne t'adresse une seule parole que tu ne l'aimerais pas. Il n'était pas encore à quai que tu le méprisais déjà. Personne ne sait pourquoi.

— …

— Charlotte…

Cloé essayait maintenant de voler au secours de son vieux parrain.

— Ah toi, cela suffit ! Quand il s'agit d'emmerder le monde, tu n'es pas la dernière non plus ! Avec cette manie de vouloir toujours tout savoir, tout expliquer, tout comprendre ! Tu ne comprends donc pas que tu es en train de tout fiche en l'air, ta relation avec « ton Pierrot », avec Marie, avec moi et même avec Harold… Tu n'es qu'une gamine Cloé, une gamine insupportable ! « Et vous me cachez des choses »… « Et je veux savoir »… « Et c'était mon papa »… « Et ce n'est pas juste » !

— …

— Vas-tu te taire à la fin ?!

En fait, rien ni personne ne semblait pouvoir arrêter Charlotte, toute à sa fureur, des années contenue. Elle pointait un doigt rageur vers le parrain et sa filleule, prenait Harold à partie. Dans la salle, les quelques clients qui assistaient à l'éclat feignaient de ne pas voir, de ne pas entendre. L'inévitable Yvon, déjà bien aviné, voulut pourtant calmer Charlotte. Bien mal lui en prit, celle-ci le regarda de toute sa hauteur, lui faisant remarquer que la porte était grande ouverte pour qui ne serait pas content… Quand on ne savait pas retenir sa femme… Même que s'il pouvait payer son ardoise avant de partir, cela ne serait pas plus mal, parce qu'ici, ce n'était pas la soupe populaire ! Dans le bar, plus personne ne bronchait. On était surpris par cette colère et la violence de la vieille Charlotte que l'on avait toujours connue si douce et soumise. Le patron, quant à lui, n'avait pas l'air d'en mener large. On n'aurait pas aimé être à sa place.

— Harold, il faut que je vous parle.

Il était un peu inquiet, Harold, et cela se comprenait. Mais la voix de Charlotte s'était radoucie.

— Harold, ne tardez pas trop à vous déclarer. Ne faites pas comme cette vieille baudruche, qui a tout gâché. Cloé est jeune et elle ne doit pas rester à Honfleur. Non mais des fois, est-ce une vie pour une jeune femme de rester sur un vieux chalutier, de retaper un studio, de vivre avec des vieux ? Emmenez-la loin de nous, et commencez à vivre.

— Charlotte, je ferais tout pour rendre Cloé heureuse.

— Eh bien, j'espère qu'elle ne fera pas comme son parrain et qu'elle aura l'intelligence de vous écouter et d'écouter son cœur. Je vous aime bien Harold, vous êtes un brave type. Elle a de la chance de vous avoir rencontré. Il faut que vous sachiez que vous serez toujours le bienvenu ici. N'est-ce pas Pierrick, qu'Harold est le bienvenu ?

Le vieil homme ne répondit rien.

— N'est-ce pas qu'Harold sera toujours le bienvenu, reprit Charlotte en le fixant et en haussant le ton. Que vouliez-vous nous dire ? reprit-elle, soudain calmée.

Mais Harold répondit que cela pouvait attendre. Le repas se termina dans un calme apparent. On était un peu gêné, sauf Charlotte qui n'arrêtait pas de se lever pour servir, aller chercher les plats. Elle avait retrouvé son calme et son sourire. Elle alla même chercher la vieille pipe en écume et la blague à tabac du vieux marin. Après la mousse au chocolat, le café et un petit verre de calvados – du bon, pas celui des touristes –, elle proposa un cigare à Harold. D'autorité, elle se leva et alla en chercher un dans la «collection personnelle» du patron. Au grand soulagement du jeune couple, la soirée s'acheva enfin. La filleule se pencha timidement vers son parrain et lui tendit sa joue. Il y déposa un baiser forcé, sans chaleur.

— Mais ça suffit vous deux ! Vous vous adorez, faites-vous un bon gros bécot, comme vous faisiez toujours.

Quand le lendemain Charlotte, un saladier de mousse au chocolat à la main, frappa à la porte du Kaoha Nui, Harold décida de profiter de l'occasion pour lui parler de son projet. Cloé était à Caen pour la journée.

— Charlotte, vous êtes adorable. Asseyez-vous. Je voudrais vous parler et vous demander un conseil. Je vous offre un thé ?

— Je préfèrerais une de vos délicieuses bières, si c'était possible, répondit-elle dans un petit rire. Choisissez pour moi.

— Je vous conseillerais alors une Harp. Vous verrez, elle est légère et très désaltérante.

Ce fut donc sur le pont du bateau, une bouteille à la main que Charlotte écouta Harold lui parler de son projet d'emmener la jeune femme en Polynésie.

— Qu'en pensez-vous Charlotte ?

— J'en pense que c'est une excellente idée. Emmenez-la loin. C'est ce qui peut lui arriver de mieux. Et ne faites pas attention à Pierrick !

La remarque ne manqua pas de faire sourire Harold.

— Pourquoi me déteste-t-il autant ?

— Vous savez, ce n'est pas un mauvais bougre, mais il a son caractère. Certains diraient même son « sale caractère ». Et puis Cloé le met hors de lui avec ces questions incessantes. Leur relation est très chaotique en ce moment et le fait d'être séparés quelque temps leur fera le plus grand bien. Et à nous aussi, par la même occasion, non ? Ajouta-t-elle dans un clin d'œil. Vous l'aimez n'est-ce pas ? Si comme je le crois, c'est le cas, emmenez-la, vite. Mais, je crois que je reconnais le bruit gracieux du moteur du bolide de notre Cloé. Bien sûr, vous ne m'avez rien dit. Je serai muette !

— Merci Charlotte.

— Sachez que je suis votre alliée…

— Puis-je vous embrasser ?

— Vous en avez mis du temps, lui répondit-elle en lui tendant une joue qui sentait bon le savon à l'amande douce.

— Surtout, ne le dites pas à Pierrick, lui répondit-il.

— Que vous m'avez embrassée ? Mais j'y cours !

Charlotte croisa Cloé en sortant.

— Je vous ai apporté de la mousse au chocolat ! Je me sauve, je dois préparer le repas pour ce soir.

Quand Cloé passa la tête par la porte, elle trouva Harold, un tablier autour de la taille, en train d'ouvrir des huîtres. C'est après le repas, qu'il se décida à parler, mais d'abord il se leva pour mettre de la musique. Sans hésiter, il choisit un vieux vinyle, le dernier album de Jacques Brel. Cloé reconnut instantanément les premières notes si particulières. C'était une de ces chansons préférées et aussi le voyage de ses rêves.

— *Les Marquises*, j'adore !

— Et si je te proposais de t'y emmener ?

— Aux Marquises ? Mais…

L'occasion était trop belle. Il lui expliqua donc la lettre d'Aiata. Poehina voulait voir ses parents réunis. Ils étaient attendus tous les deux.

— Tu leur as parlé de moi ?

— Bien sûr. Alors ? Rien ne t'empêche de faire une pause de quelques mois dans tes projets.

Elle ne savait que répondre. Elle ne pouvait pas partir comme ça, à l'autre bout du monde. Harold lui fit remarquer qu'à son âge, on pouvait s'en aller sans avoir l'autorisation de ses parents ou même de son parrain. Et puis Honfleur supporterait bien son absence. En fait, ce que la jeune femme n'osait pas s'avouer, c'était sa crainte de rencontrer la famille tahitienne d'Harold, surtout Poehina.

— Que va dire Pierrick ?

— Sincèrement, ce n'est pas mon problème ! Ce n'est pas pour lui que je suis venu, enfin, que je suis ici, se reprit-il, ennuyé.

— …

— Mais que crois-tu ? s'emporta-t-il. Que je supporte son agressivité et son mépris par plaisir ? C'est bien pour toi que je suis encore là, rien que pour toi. Et tu le sais. Voilà, je pars, avec toi si tu le veux, dans deux semaines, ajouta-t-il dans un sourire qu'il espérait le plus convaincant possible.

Le soir même, elle téléphonait à Rose, laquelle lui fit remarquer qu'elle était certainement la seule personne au monde que des vacances à Tahiti angoissaient ! Elle devait bien se douter que ce moment finirait par arriver. Il était donc temps pour elle d'arrêter de jouer les petites filles gâtées et de foncer. Quelquefois, il s'avérait important de savoir ne pas trop réfléchir. Alors oui, elle se retrouvait au pied du mur. Elle allait enfin devoir se décider à quitter « son » bassin, son bateau et L'Embarcadère. Bref, il fallait surtout qu'elle arrête de se réfugier derrière la disparition de son père pour ne pas avoir à affronter le présent, ni surtout, l'avenir !

— Si tu le laisses partir, c'est que tu n'as rien compris. Pars, suis-le !

Elle devait faire attention, Harold pourrait bien partir tout seul, et surtout ne pas revenir. Voilà, et surtout, qu'elle lui ramène un paréo et du monoï, finit-elle par conclure.

Comme d'habitude, Rose avait trouvé les bons arguments. Après avoir raccroché, Cloé retrouva Harold sur le Kaoha Nui. Elle partirait avec lui, bien sûr.

La brume commençait tout juste à se lever sur le port ce matin-là. Çà et là, quelques vaisseaux fantomatiques aux silhouettes pourtant familières n'en finissaient pas d'apparaître. Les mouettes ne criaient pas encore. L'instant était magique, intemporel ; comme… suspendu. Le bassin s'habillait : les ardoises des maisons se reflétaient dans l'eau du port, les vieux immeubles se cherchaient et se touchaient comme pour se saluer, les bateaux colorés se réveillaient. On entendait le doux cliquetis métallique des câbles se cogner dans les mâts : le vent du large était en train de se lever. Sur les quais, on s'interpellait. Les marins s'activaient, attendant la marée et avec elle, l'ouverture de l'écluse qui régente la vie du port. Quelques minutes plus tard, le jour s'était levé sans que l'on s'en fût aperçu vraiment, discrètement, avec mille précautions. La brume avait disparu, la vie allait pouvoir commencer. Le quai Sainte-Catherine sortait de sa torpeur, il n'y avait pas de temps à perdre.

Un bruit familier se fit entendre : L'Embarcadère levait son rideau. Comme tous les jours, Pierrick sortit sur le perron pour saluer le bassin. Il se tenait là, sur le pas de la porte, les poings sur les hanches. Son regard frisait l'arrogance jusqu'à ce qu'il se posât sur Le Cyrano. Pas de lumière sur le chalutier, par contre elle s'alluma sur le Kaoha Nui.

Il était sept heures, le téléphone de Cloé venait de sonner. Le temps de le trouver, c'était trop tard. D'un geste, Harold tenta de retenir sa compagne, mais celle-ci se redressa en bâillant.

— Je dois écouter ce message !

C'était madame Deleu. Marie avait fait une crise cette nuit. Il avait même fallu lui administrer un calmant. Comme souvent, elle avait appelé son mari.

— Il faut que j'y aille.

— S'il te plaît, on a des projets aujourd'hui.

— Je serai revenue dans une heure. Rendez-vous à neuf heures chez Pierrick. Cela te laisse le temps de redormir un peu.

Cloé embrassa Harold, se jeta sur son blue-jeans enlevé la veille à la hâte et qui traînait là, enfila son teeshirt, elle se changerait en rentrant. Elle attrapa les clés de la deux-chevaux et sortit en lui envoyant un baiser du bout des doigts. Bientôt, Harold entendit la voiture démarrer. Il allait falloir changer le pot d'échappement, les pavés d'Honfleur étaient redoutables et ne faisaient pas de cadeaux.

En arrivant à La Source, Cloé salua Pierrette Deleu qui l'attendait sur le parking. Il était à peine huit heures et elle écrasait déjà un cigarillo. Son sourire était rassurant. Elle avait hérité de ce manoir qu'elle avait aménagé avec goût pour en faire un endroit convivial : un grand jardin avec des bancs, une terrasse, des arbres pour avoir de l'ombre l'été, une jolie gloriette non loin d'un ruisseau. Aux beaux jours, un petit orchestre venait là jouer des morceaux pleins de nostalgie. On chantait « Le temps des cerises », « Le petit vin blanc » et on était heureux. Les plus hardis entamaient une valse ou un tango, d'autres ne reculaient pas devant une matchiche improbable. Bref, il fallait avouer que le pari était réussi.

À en croire la rumeur, la propriétaire aurait eu cinq maris… et autant d'amants. En fait, il se disait beaucoup de choses à son sujet, de ces histoires qui font froncer le nez aux femmes et qui allument le regard de leur mari. N'avait-elle pas été la maîtresse de F… cet auteur célèbre réputé pour les parties fines qu'il organisait à une certaine époque dans sa maison de campagne, dans les environs de Pennedepie ? On en riait et on aimait répéter que son nom lui allait comme un gant ! Assurément, elle avait vu le loup !

Après les salutations d'usage, madame Deleu expliqua la nuit agitée et les cris de Marie. Elle s'était même débattue et avait été incohérente ; cela lui arrivait de plus en plus souvent.

Quand Cloé arriva dans la chambre de sa mère, cette dernière était plongée dans un profond sommeil. On lui avait donné un sédatif qui la ferait dormir une bonne partie de la journée. Elle s'installa près d'elle, la regarda se reposer. Doucement, elle saisit sa main si délicate pour la porter à ses lèvres puis resta là quelques instants à caresser ses doigts. Des larmes roulèrent sur ses joues. Marie avait vieilli et elle, sa fille, allait partir à l'autre bout du monde. Elle approcha son visage et, comme une mère embrasserait son enfant, déposa sur le front pâle, un léger baiser. Tendrement, elle effleura la mousse de ses cheveux et lui fredonna cette chanson de Mouloudji qui parle de champ de blé et de coquelicot. Enfin, le cœur serré, elle sortit de la chambre. Elle repasserait avec Harold.

Il était à peine neuf heures quand elle regagna le bassin. Tout avait l'air calme sur le Kaoha Nui. Elle décida donc d'aller prendre une douche au Local, ayant besoin de se détendre. Elle s'apprêtait à annoncer à Pierrick et Charlotte son départ pour Tahiti, quatre jours plus tard. Oh, elle ne partirait pas longtemps, deux mois tout au plus. Elle n'était pas certaine que cette idée fut bien judicieuse, mais elle avait fini par céder. Parfois, elle voyait qu'Harold essayait de lui parler, mais elle se débrouillait toujours pour couper court.

En fait et tandis qu'elle se prélassait sous l'eau, croyant Harold endormi, celui-ci se préparait psychologiquement. Il avait décidé d'affronter personnellement Pierrick. Il était temps de montrer à Monsieur qu'il avait sa place auprès de Cloé et aussi de le remettre, lui, à la sienne par la même occasion. Il supportait de moins en moins l'arrogance du vieux parrain. Il espérait simplement que cela ne tournerait pas au combat de coqs.

Quelques minutes plus tard, il enjamba donc le bastingage du voilier. En arrivant au bar, il commanda deux cafés, bien serrés.

— Installez-vous s'il vous plaît, le deuxième est pour vous. Je voudrais vous parler.

Le vieil homme le regarda étrangement. Harold, de plus en plus mal à l'aise, avait l'impression d'avoir quinze ans, lui qui flirtait avec la cinquantaine. Priant pour que son interlocuteur ne s'aperçût pas de son malaise, il continua :

— Je viens vous prévenir que nous partons dans trois jours pour Tahiti.

— Pour où ? Pierrick sursauta en s'installant.

Harold reprit le plus calmement possible, malgré son cœur qui battait la chamade.

— Vous avez bien entendu. Pour Tahiti, au soleil.

— Que va-t-elle faire à Tahiti ? Sa famille est là. Elle n'a rien à faire à Tahiti.

— M'accompagner, je suppose. Elle est mon amie, ma… compagne, que cela vous plaise… ou non. Oui, nous avons un point commun Pierrick ; Cloé. Je veux lui présenter ma fille, Poehina. D'ailleurs, tout est réglé, les billets sont achetés, les passeports sont prêts. Et puis, pour tout vous dire, je pense que cela va lui faire du bien de prendre le large et de changer d'atmosphère, quitter ce bassin. Sur ce point au mois vous serez d'accord avec moi, n'est-ce pas Pierrick ?

Le ton d'Harold était étrange et son interlocuteur préféra ignorer cette dernière remarque :

— Honfleur vous déplaît ? Pourquoi ne partez-vous pas alors ?

Harold frémit devant ce manque de courtoisie. L'attaque était directe.

— Mais rassurez-vous, c'est ce que je vais faire… dans trois jours. Et avec Cloé.

Le vieil homme se releva furieux, et sans un mot rentra dans le bar, en claquant la porte. Plus que jamais il aurait aimé pouvoir l'envoyer au diable, ce faux marin qu'il détestait, les envoyer au diable, lui et son beau bateau !

Harold était encore devant son café quand Cloé arriva. Il la regarda, elle était fraîche et jolie, coiffée à la garçonne, le nez criblé de taches de rousseur. Elle n'était pas coquette. Elle n'avait pas besoin de cela, elle appartenait à la plage, à la mer et au vent. Cloé n'était pas naturelle, elle était la nature ; dans tout ce qu'elle a de brute, de sauvage… un diamant non travaillé. Elle se pencha vers lui et l'embrassa un peu au hasard. Inquiète, elle se rongea les ongles, ce qui avait le don d'énerver son compagnon qui tenta de l'en empêcher d'une tape sur la main.

— Je lui ai parlé.

— Tu lui as dit qu'on partait ? Qu'a-t-il dit ?

— Rien ! Que veux-tu qu'il dise ? Je crois qu'il est très en colère après moi et qu'il me déteste encore plus, enfin, si c'est possible !

— Il ne te déteste pas. Il s'inquiète pour moi, c'est tout.

Elle se leva brusquement, bouscula une chaise qu'elle fit tomber et entra dans le bar. Un instant, Harold prit peur, craignant qu'elle ne changeât d'avis. Elle allait changer d'avis, c'était sûr ! Il commençait à se composer un visage de circonstance quand elle ressortit.

— Nous partons dans trois jours.

Elle s'installa, attaqua le croissant apporté pour elle, le trempa dans son café noir et s'essuya la bouche du revers de la main. Il sourit, se dit qu'il aimerait embrasser chacune de ses taches de rousseur qui lui plaisaient tant. Une miette de croissant était restée collée au-dessus de sa lèvre supérieure, comme un appel à la gourmandise. Non vraiment, Harold n'avait jamais autant désiré une fille. Pourtant ce n'était pas sa première conquête, loin de là. Mais celle-là… Il la sentait tellement farouche et insaisissable. Insoucieuse des conventions, elle qui vivait sur un chalutier, libre, même si son chagrin la rivait au sol. Lui qui avait côtoyé et aimé les plus élégantes, se retrouvait totalement désarçonné devant ce petit bout de femme mal coiffé à la peau salée.

Il savait parfaitement qu'elle n'avait pas très envie de partir. Mais il avait besoin de croire que loin du bassin Honfleurais, il pourrait enfin l'aider. Il voulait aussi lui présenter Aiata et Poehina. Et c'était là, peut-être, que le bât blessait. Cloé n'était pas prête. Le temps s'accélérait, elle ne contrôlait plus rien. À côté du bassin rassurant et de sa routine, l'océan, même Pacifique, lui faisait peur.

Le lendemain, ils allèrent ensemble embrasser Marie à La Source. Cette dernière se réjouissait de leur départ. Elle s'inquiétait pour sa fille et surtout ne supportait plus de la voir encore sur Le Cyrano, qu'elle avait désormais en horreur. Régulièrement, elle lui demandait de s'en débarrasser. Et puis, elle jugeait disproportionné ce deuil qui n'en finissait pas, comme si Cloé s'était enlisée dans sa douleur. Il était temps de passer à autre chose et Harold avait toute sa confiance. Elle le devinait solide et le savait amoureux. C'était un homme sur lequel sa fille pourrait compter, cela se voyait. Ainsi, et contrairement à

Pierrick, Marie les approuvait-elle ; d'ailleurs qu'étaient deux ou trois mois ? Cela passerait tellement vite. Ils pouvaient partir tranquilles. On s'occupait bien d'elle à La Source et madame Deleu était une femme charmante. Elles s'entendaient très bien et riaient beaucoup ensemble. Quand ils sortirent, Marie leur envoya un baiser du bout des doigts et gratifia Harold d'un clin d'œil discret. Elle était soulagée qu'Harold fût entré dans la vie de Cloé, et elle lui savait gré de son infinie patience. En partant, les deux amants laissèrent leurs coordonnées à la fantasque Pierrette. Enfin, Harold confia un double des clés du Kaoha Nui à Charlotte, et après un dernier au revoir au port et à L'Embarcadère, ils quittèrent Honfleur.

3ᵉ PARTIE

Aéroport de Faaa, Papeete. Tahiti
Mai 1996

Un flot ininterrompu de touristes débarquait du vol 785 d'Air Tahiti, en provenance de Paris. Parmi eux, on pouvait compter quelques Américains aisément reconnaissables. À cinq heures du matin, certains d'entre eux avaient déjà chaussé leurs lunettes de soleil et tous portaient d'improbables bermudas aux couleurs criardes. Ceux qui arrivaient de France semblaient plus épuisés ; traits tirés, yeux cernés, vêtements et visages froissés, accusaient ces vingt-quatre heures de voyage. Seuls les enfants, qui avaient mieux dormi pendant le vol, étaient à peu près en forme. Un jeune couple, en pleine lune de miel, souriait béatement. Bora-Bora les attendait ; rien ne pouvait plus les atteindre. Le moment du rendez-vous approchait. Le soleil se levait sur Tahiti. Avant d'atterrir, l'avion avait survolé l'ensemble de l'île, pour un repérage, et les plus chanceux, assis près des hublots, avaient eu un premier aperçu du paysage splendide qu'ils allaient, pour la plupart d'entre eux, bientôt découvrir. Les nuances du lagon, la barrière de corail et la blanche écume des vagues, la profondeur des passes ; tout cela avait arraché des cris de ravissement et d'impatience aux voyageurs avides de sensations. Quelques-uns, les plus anxieux, s'étaient inquiétés de l'impressionnante piste d'atterrissage qui s'arrêtait au niveau du lagon. Enfin, la voix chantante de l'hôtesse de l'air avait rassuré tout le monde : on s'était posé. La porte s'était ouverte. Cloé et Harold laissèrent la place aux plus pressés. Lui pourtant excité comme un gamin, voulait malgré tout prendre son temps et apprécier au maximum la magie de cet instant.

— Tu vas voir, tu vas voir…

Elle le trouvait un peu agaçant, mais elle n'avait pas envie de lui gâcher ce moment ; et puis, elle était trop fatiguée aussi. Le voyage avait été éprouvant : une longue attente à Roissy, une fouille qu'elle avait jugée franchement inconvenante ; à cela, il fallait ajouter une place qui ne lui avait pas convenu non plus, un orage impressionnant, et puis, comme une inquiétude à se savoir si haut. L'escale à Los Angeles s'était avérée quant à elle, insupportable. Plusieurs heures dans une salle aux chaises inconfortables, encore une fouille (pire que la première). Rien à manger, un distributeur en panne, des toilettes sales et, bien évidemment, sans papier ; tout cela pour dire que la jeune femme était d'une humeur massacrante. En fait, elle avait surtout le trac et elle ne pouvait s'empêcher de se demander si elle n'avait pas fait une belle erreur, si elle n'avait pas eu tort de partir avec Harold à l'autre bout du monde. À cet instant précis, elle aurait donné n'importe quoi pour sentir près d'elle la présence réconfortante de Rose. Bien sûr, elle aimait beaucoup Harold ; bien sûr, cela faisait déjà quelques mois qu'ils se « fréquentaient » ; mais de là à le suivre… Et d'abord, pourquoi avait-il tant insisté pour lui présenter sa fille ? Poehina « la perle de la déesse de la lune », rien que la poésie de ce prénom la faisait frémir. Avec « la femme mangeuse de nuages », pas très rassurant pour un simple moineau.

Sa première rencontre avec la Polynésie fut olfactive et elle en garderait longtemps le souvenir. L'odeur étourdissante des *tiarés* et des fleurs de frangipaniers réussissait à couvrir celle, beaucoup moins grisante, du kérosène. Elle crut même reconnaître la vanille, comme une fragrance. Un instant, elle chancela et s'accrocha à son compagnon. Ensuite, Cloé eut le sentiment d'avoir chaud, très chaud, trop chaud. Une chaleur poisseuse, collante, envahissante. L'atmosphère était lourde, chargée d'humidité, saturée. Elle en fut tout de suite incommodée, elle la petite Normande habituée au vent iodé et aux embruns. Pourtant, il n'était que cinq heures trente. Quelques bras de nuages s'étiraient maintenant dans le ciel qui rosissait : la grande île s'éveillait.

L'émotion d'Harold était de plus en plus perceptible. Cela faisait dix ans qu'il avait quitté la Polynésie, neuf qu'il rêvait d'y retourner, quatre qu'il n'avait pas vu sa fille. Il tremblait légèrement. Ses yeux brillaient d'une lueur étrange. Les premiers pas sur le tarmac furent incertains, les jambes de l'homme se faisant flageolantes ; quant à la jeune femme, elle avait de plus en plus envie de prendre les siennes à son cou. Enfin, ils pénétrèrent dans l'aéroport. Soudain, Harold se mit à courir, bousculant les touristes perdus qui cherchaient la sortie ou qui attendaient la personne qui les prendrait en charge. Quelques hôtesses, tout en sourires, agitaient des pancartes sur lesquelles étaient inscrits des noms. Un petit garçon, qui avait fait le voyage tout seul, attendait ses parents ; une grand-mère, son caniche.

Harold entraînait Cloé dans sa course quand brusquement, cette dernière se sentit «happée», soulevée dans des bras puissants : ceux de la «dévoreuse de nuages». Avant même qu'elle ait pu réagir, elle se retrouva noyée sous les colliers de fleurs de bienvenue. Une vieille lui piqua un hibiscus rouge sang à l'oreille. Cloé, si fine et si menue ne pouvait se libérer de l'étreinte vigoureuse de la Tahitienne. La jeune femme avait espéré un comité d'accueil restreint et discret : Aiata et Poehina, tout au plus. Cela aurait suffi amplement. Mais c'était sans compter avec l'hospitalité polynésienne. En fait, ils étaient sept : la jeune fille, sa maman, Teva le petit ami, ses parents… mais aussi, quelques voisins. Il y avait même la presse, La Dépêche de Tahiti : «Poehina et Aiata Puupuu ont le plaisir d'accueillir Harold et Cloé arrivés de métropole…» Voilà ce que l'on pourrait lire dès le lendemain sur la page consacrée aux départs et aux arrivées ! Bref, pour la discrétion, c'était fichu ! Du regard, elle cherchait Harold ; comme un appel à l'aide. Elle, fille de Normands taiseux, était on ne pouvait plus mal à l'aise face à de telles effusions. On lui avait appris à étouffer ses émotions au fur et à mesure qu'elles naissaient. Harold lui reprochait souvent cette « froideur » qui n'en était pourtant pas. Elle n'avait pas appris, c'était tout.

C'est alors qu'elle les vit.

Elle ne pouvait détacher son regard du tableau qui s'offrait à elle. Jamais Harold ne lui avait paru aussi attendri, ni peut-être aussi heureux. Il n'aurait eu qu'à écarter les bras doucement pour que sa fille vînt se lover contre lui. Des retrouvailles simples, tendres et pleines d'émotion. La jeune femme vit alors avec stupeur les bras de son amant devenir ceux d'un père. Un père qui caressait doucement les cheveux de sa fille. Un père et sa fille. Un père... Cette image la crucifia. Elle avait craint cet instant des semaines durant et il se révélait aussi douloureux que ce qu'elle avait imaginé. L'envie de partir, de fuir s'empara d'elle. Elle ne pourrait pas, c'était au-dessus de ses forces. Elle haïssait déjà cet endroit et tout ce qu'elle s'apprêtait à y vivre. Elle aurait dû rester à Honfleur, avec Pierrick, Charlotte, et Marie.

Harold était en train de parler à l'oreille de la jeune polynésienne qui souriait. Cloé ne lui en voulait pas ; non, c'était juste qu'elle aurait préféré être ailleurs. Elle était de trop, intruse. Se sentant observé sans doute, Harold se retourna enfin vers elle et lui fit signe d'approcher. Certainement comprit-il combien cette scène était éprouvante pour sa jeune compagne. Lui aussi avait passé un mois à imaginer, avec appréhension, cette rencontre, ces retrouvailles. La jeune femme s'approcha donc timidement du couple, comme on s'approche d'une falaise, avec la crainte diffuse d'être précipitée dans le vide. Toute cette tendresse affichée lui donnait le vertige, presque la nausée. Elle repensa à la joue rugueuse de Jean Lebon, au baiser déposé sur son front de petite fille. À ce dernier baiser à la porte de L'Embarcadère. Alors, Poehina ondula vers elle :

— *laorana*, roucoula-t-elle en l'embrassant.

Elle était belle, d'une beauté un peu dédaigneuse ; jeune reine déjà consciente de sa puissance.

Après les présentations d'usage, tout le monde prit enfin la route pour Paea, à quelques kilomètres de Papeete. La Métropolitaine était épuisée, physiquement et psychologiquement par ces douze heures de décalage horaire et par ces émotions. Elle n'avait plus qu'une envie : se coucher dans un bon lit et dormir. C'est ce qu'elle fit à peine arrivée, s'écroulant pour sombrer très vite dans un sommeil comateux.

Il était plus de quinze heures quand, brisée par les courbatures et totalement désorientée, elle émergea. La maison était silencieuse. Il lui fallut quelques minutes pour se remettre les idées en place, assise dans le grand lit, la main dans les cheveux. Elle en voulut un peu à Harold de ne pas être près d'elle à son réveil. Elle se leva ; la maison était vide. Elle décida donc de partir à sa découverte : trouver les toilettes étant la priorité. L'endroit était plein de lits habillés de couvre-lits aux couleurs vives, cousus à la main. Le sol était recouvert de tapis en fibre de coco tressée. Elle en aima le contact un peu rugueux sous ses pieds nus. Puis, elle se dirigea vers la terrasse. Un canapé, quelques fauteuils, une table ronde imposante, entourée de tabourets, débités dans des troncs de cocotiers. Un thermos, du sucre, quelques gâteaux et une bouteille de Hinano, la bière locale. Alors qu'elle se servait un café, son regard fut attiré par une forme, accrochée là, au plafond. Avec effroi, elle découvrit de gros yeux globuleux qui la fixaient. Elle frissonna. Il n'avait pas l'air hostile, mais elle se sentait observée et n'aimait pas du tout cela. Plus tard, on lui expliquerait que c'était un margouillat et qu'il ne fallait pas en avoir peur. D'après la légende, ces lézards inoffensifs protégeaient les foyers polynésiens.

Devant la terrasse, un jardin et un petit portail en fer forgé qui s'ouvrait sur la plage et puis, le lagon avec, au-delà du récif, ancrée dans l'océan, l'île de Moorea, la superbe. Cloé fut un peu suffoquée par ce qu'elle découvrait. Harold lui avait souvent parlé de ce paysage. Elle l'avait même vu en photo à plusieurs reprises : il y en avait une dans la cabine du Kaoha Nui. Le lagon lui offrait toute une déclinaison de bleu à laquelle répondait la profondeur de l'océan. C'était magnifique. Des bouquets de coraux proposaient un véritable feu d'artifice aux nuages. Le récif blanc d'écume paraissait vouloir les protéger de l'ire éventuelle de l'océan Pacifique, le grand *Moana*. Comment ne pas être subjuguée ? Sous le charme de ce tableau, et après quelques heures d'un repos nécessaire, Cloé commença à moins regretter son voyage. « Rejoins-nous sur la plage. » Le mot était posé sur un joli paréo aux couleurs de lagon. C'est ce qu'elle fit, après une bonne douche, un bol de café et trois tartines. Son besoin de soleil était tel qu'elle eut la sensation que tout son corps s'offrait à la lumière polynésienne, pour mieux s'en imprégner.

— *Aere mai…*[1]

Un peu plus loin, Aiata s'était installée à l'ombre d'un arbre à pain pendant que Poehina et Harold s'offraient un tour de lagon. Ils avaient pris les masques, les tubas et les palmes et étaient partis dans la pirogue familiale. Poehina voulait faire découvrir à son père son coin favori. Cloé s'installa donc près de son hôtesse occupée à lui confectionner un chapeau :

— Tu vas devoir faire attention au soleil, avec ta peau claire. Et tes cheveux sont courts, pas assez épais : ils te protègent mal.

---

1. Viens…

Tandis qu'elle parlait, la Polynésienne avait pris une bouteille de *monoï* et commença à lui en appliquer dans la chevelure. Le parfum de l'huile était enchanteur ; rien à voir avec ce que l'on trouvait en métropole. Cloé ferma les yeux de plaisir bien qu'un peu mal à l'aise, peu habituée à cette intimité féminine et sensuelle.

Il va falloir aussi que tu grossisses un peu. Les hommes aiment les femmes qui ont des formes. Harold, comme les autres. J'en sais quelque chose !

Et Aiata éclata d'un rire sonore. Les « r » roulaient, cascadaient, la voix chantait. Cloé n'apprécia pas la remarque, cette allusion au passé n'était pas nécessaire.

— Je vous en prie… protesta-t-elle, de plus en plus mal à l'aise, et pour tout dire, un peu vexée.

Sans le savoir, la belle Tahitienne, voluptueuse à souhait, avait touché un point sensible. Elle dut s'en rendre compte car elle lui présenta ses excuses.

— Excuse-moi, tu veux bien ?

Comment refuser ? Sans passer pour une oie blanche, une petite pimbêche arrogante ?

— Tu vas voir, ce soir, nous allons faire une grande fête pour votre arrivée. Nous serons très nombreux. La petite veut présenter son papa à tout le monde ! Tout est déjà prêt. Tu vas voir, tu vas te régaler…

Contre toute attente, Cloé fondit en larmes et regagna la maison en courant. Aiata la regarda partir, surprise, même si bientôt, un léger sourire se dessina sur ses lèvres ; la petite « métro », comme on dit là-bas, devait être *fiu*. C'était le « coup de barre » si bien connu des Polynésiens.

Cloé se réfugia dans sa chambre, un peu honteuse. De longs et douloureux sanglots lui enserraient la gorge. Elle mit cela sur le compte du décalage horaire. En fait, la vérité, c'est que face à Aiata, elle avait l'impression d'être transparente, insignifiante. Elle aurait voulu se moquer de sa carrure, mais ne pouvait s'empêcher de la trouver belle et certainement désirable. Comme une divinité. Une femme avec des formes. Une femme avec des Seins. Une femme avec des Fesses. Une femme comme elle n'était pas, qui décrochait les nuages pour n'en faire qu'une bouchée.

Elle se regarda dans le miroir, se tira la langue. Un regard sans aucune complaisance, détaillant ses petites seins « à la coque » comme Harold avait l'habitude de dire, son « p'tit cul d'amour » et soudain se trouva laide. Elle eut ce sentiment diffus que Tahiti la rendrait laide.

En attendant, et pour se remettre de ses émotions, elle décida de défaire ses valises, nombreuses. Harold avait beaucoup ri devant les cinq bagages alors que « là-bas, ils n'auraient besoin de rien » ; tout juste d'un maillot de bain, deux ou trois tee-shirts et un blue-jeans. Comment aurait-il pu comprendre ? Comment comprendre que Cloé était à ce point angoissée par ce départ vers l'inconnu, vers l'inconnue aussi ? Elle avait donc eu besoin de s'entourer d'objets amicaux, d'odeurs familières, comme une enfant qui aurait transporté son vieux doudou. Elle s'assit sur le lit, rassembla ses bagages : une muraille, un rempart entre le vide et elle. Elle entreprit d'ouvrir le sac de cuir râpé dont elle sortit plusieurs babioles qu'elle disposa là, sur la cagette qui faisait office de table de nuit. D'abord, et avant tout, cette aquarelle œuvre de Jean-Yves, représentant le port d'Honfleur, le bassin. On distinguait, entre autres, le Cyrano. Elle ferma les yeux, imagina son bateau. Elle resta ainsi une partie de l'après-midi dans cette chambre, prétextant une migraine. Aiata lui avait concocté un petit plateau pour qu'elle reprît des forces. Harold était passé à plusieurs reprises. Seule Poehina n'avait pas pris de ses nouvelles.

— Eh, tu fais la gueule ou quoi ? Qu'est-ce qui se passe ?

Cloé sursauta. Ses pensées l'avaient emmenée loin, très loin, par-delà le grand *moana*. Un instant, elle se trouva un peu perdue. Harold était planté devant elle, les poings sur les hanches, Peter Pan devenu grand. Les élastiques du masque avaient laissé des boursouflures sur son visage, et à droite, la commissure de ses lèvres était irritée par le tuba. Et que dire de son maillot de bain, un short hawaïen, beaucoup trop large ?

Il pensait faire jeune ; elle lui trouva l'air con. Ses jambes paraissaient encore plus arquées. Et maigres. Bref, il était ridicule, irrémédiablement. Mais il s'approcha d'elle tendrement. S'il avait pu se douter un instant de la teneur des pensées de la jeune femme !

— Allez viens, tu ne peux pas rester dans cette chambre. C'est absurde. Les invités sont arrivés. Tout le monde est là pour toi.

Tu dois venir. Ils ont organisé un *tamara'a* en notre honneur, leur grand repas traditionnel. Tu vas te régaler !

Cloé lui offrit un sourire, qu'elle était allée chercher très loin au fond d'elle-même.

— Donne-moi cinq minutes, j'arrive.

— Non, tu viens maintenant. Avec moi.

— Dépêche-toi, ta fille va t'attendre.

C'était donc cela ! Sans mot dire, Harold lui prit la taille et l'embrassa derrière l'oreille. Dans un soupir, elle lui tendit son cou, déposant les armes.

— Tu commençais à me manquer, lui dit-elle, sur un ton de reproche.

La fête dura une semaine. Petit à petit, Cloé s'adaptait à son nouveau mode de vie. Elle avait bronzé et passait des heures dans le lagon, ne pouvant se rassasier de ses couleurs. Elle avait fini par sympathiser avec Aiata et s'entendait franchement bien avec Félix, le compagnon de cette dernière. Par contre, elle se sentait mal à l'aise avec Harold et Poehina. Que lui arrivait-il ? Et puis ils n'avaient pas fait l'amour depuis leur arrivée. Elle aurait voulu qu'il l'emmenât à Bora-Bora, toute seule. Là, ils auraient pu profiter l'un de l'autre, pleinement. Mais Harold et Poehina restaient inséparables. Cette relation si fusionnelle était de plus en en plus pénible pour la jeune Honfleuraise qui pensait souvent à Jean. À Jean, et aussi aux amoureux de Bora-Bora.

Un matin, il devait être à peine huit heures quand une main vigoureuse entreprit de secouer Cloé, l'extirpant ainsi d'un profond sommeil « hinanoesque ». Cette dernière entrouvrit un œil : Aiata.

— Il faut te lever, c'est l'heure de la messe !

Un moment, Cloé crut à une blague. Elle allait se retourner pour vite se rendormir. Mais elle savait déjà que c'était peine perdue. Cloé se tourna vers Harold qui lui dormait comme un bienheureux, sur le dos comme à son habitude, un bras replié sous sa tête, un filet de salive au coin des lèvres, le ronflement léger. Mais surtout, complètement nu, ce qui n'avait aucunement l'air de déranger la brune Tahitienne ! Cloé, pour le coup totalement réveillée, sursauta dans le lit et rabattit sur le bienheureux le dessus de lit fleuri.

La pulpeuse Aiata éclata de rire :

— Je l'ai déjà vu tout nu, lui fit-elle remarquer malicieuse, avec un clin d'œil et entre deux gloussements.

Cloé s'assit dans le lit et finit par sourire. Par contre, il était hors de question qu'elle aille à la messe. Oui, mais voilà, on pouvait ne pas craindre Dieu, mais se méfier d'Aiata. Alors, lâchement, elle finit par se dire que ça ne pouvait pas lui faire de mal, et que sur le plan « touristique », cela pourrait même s'avérer intéressant. En fait, elle n'avait pas la force de polémiquer. C'était perdu d'avance. La Tahitienne avait l'air sérieux. Enfin, peut-être aussi que cela l'aiderait à connaître Harold que de se rapprocher de ces deux femmes.

— Quand tu auras pris ta douche, tu viendras me voir. Je te prêterai une robe.

— Et lui ? Il ne vient pas à l'église ? dit-elle en pointant Harold du doigt. Il a le droit de dormir, lui ? Ce n'est pas juste !

— Non, Dieu est une affaire de femmes !

Un instant, et une fois de plus, Cloé se dit que décidément, elle aurait aimé être un homme.

— Tu crois en Dieu Aiata ?

— Et pourquoi pas ? Comme tous les Polynésiens, je vais à l'église et je crains les *tupapau*.

— Les *tupapau* ?

— Ce sont les esprits méchants, des fantômes. Il ne faut pas les contrarier.

— Félix les craint lui aussi ?

— Bien sûr qu'il en a peur ! Tous les Tahitiens en ont peur, même s'ils ne l'avouent pas tous. C'est notre culture. C'est en nous. C'est important pour nous.

Elle avait raison bien sûr : accepter ses ambiguïtés, ses mystères, c'était apprendre à les dépasser. La jeune Honfleuraise comprit qu'elle se souviendrait longtemps de cette discussion. Elle aussi avait peur des *tupapau*. Elle allait devoir les apprivoiser pour apprendre à vivre avec. Alors, à ce moment, et à ce moment seulement, elle pourrait vivre «normalement». Elle eut envie de remercier la Tahitienne qui, sans le savoir, venait de lui faire un cadeau inestimable et l'embrassa en rougissant.

Après une bonne douche suivie d'un léger petit déjeuner, les deux femmes quittèrent donc la maison pour se rendre à l'église de Papeete. Cloé portait une robe aux couleurs vives appartenant à Poehina, un chapeau, une paire de gants brodée et un collier fleuri, Aiata, quant à elle, avait revêtu une robe d'un blanc immaculé et était coiffée d'un chapeau piqué de fleurs de tiaré.

La jeune femme n'aurait jamais cru apprécier une messe pourtant elle fut vite conquise, séduite par la beauté modeste de la petite église blanche et jaune, par la richesse des couleurs des robes et des fleurs, celle des parfums aussi ; toute cette atmosphère était presque sensuelle. En son for intérieur, elle se fit la remarque que toute cette sensualité n'était d'ailleurs pas très « catholique ». Les chants surtout l'enthousiasmèrent et elle écouta le sermon du prêtre, se laissant bercer par le roulement des « r » mélodieux qui apportait de la douceur, atténuant ainsi la sévérité du prêche.

Sur le chemin du retour, la jeune femme se tenait déjà plus droite, et ses hanches commençaient à onduler. Aiata sourit en la regardant : elle apprenait vite, la petite. Harold lui avait un peu parlé d'elle. Elle avait toujours été un peu médium et elle sentait que Cloé souffrait. Tout de suite, elle avait eu envie de l'aider. On aurait dit une petite fille qui n'arrivait pas à grandir. Curieusement, elle se sentait un peu responsable de cette jeune femme et avait envie de la materner, la rassurer. Aiata était avant tout une mère : la gentillesse et la bienveillance émanaient d'elle. Elle était forte et ronde, de ces rondeurs qui rassurent et qui protégent. Alors oui, elle aurait aimé prendre sous son aile cette petite fille qui n'en était plus vraiment une.

Quand les femmes rentrèrent au *faré*, les hommes n'étaient pas encore levés. Cloé posa un doigt sur ses lèvres et fit un clin d'œil complice à Aiata avant d'entrer doucement dans la chambre. Harold, bien sûr, dormait encore. Affalé dans le lit, il avait rassemblé tous les oreillers autour de lui. Entendant Cloé, il réussit à ouvrir les yeux. C'était un peu douloureux, comme un lendemain de fête. La jeune femme entreprit alors pour lui un effeuillage sensuel, ce qui n'était pas vraiment dans ses habitudes, surtout ces derniers temps. Harold se cala donc dans les coussins, s'apprêtant à savourer le spectacle, maintenant bien réveillé. Les hanches ensorcelantes et ensorcelées, son amante s'approcha de lui, laissa glisser les bretelles fleuries de sa robe sage le long de ses épaules déjà bronzées. Décidément, on apprenait des drôles de choses à la messe, ne put-il s'empêcher de penser.

Elle inclina la tête, redressa le menton, se mordilla les lèvres. Le vêtement tomba à ses pieds, caresse de soie faisant frissonner sa peau douce. Le regard gourmand, Harold dégustait ses petits seins à la coque. Ils avaient gagné en arrogance et pointaient vers lui dans un air de défi. Elle l'observait ; on pouvait apercevoir le bout de sa langue, rose, acidulé, glisser sur ses dents. Harold crut étouffer. Il ne l'avait jamais vue ainsi, les joues brillantes, les yeux étincelants. Son ventre ferme et musclé, qu'aucune maternité n'était venue attendrir, palpitait, donnant vie à son piercing, diamant offert pour son anniversaire. Elle le rendait fou de désir. Maintenant debout sur le lit, elle l'enjamba.

— Tu veux que je danse le *tamure* pour toi ? demanda-t-elle langoureusement, en commençant à se déhancher.

Ce que répondit Harold tenait plus du borborygme que du mot articulé. Sa gorge était sèche, son cœur s'emballait et pourtant il se sentait mal à l'aise ; peut-être parce qu'il ne reconnaissait pas « sa » Cloé. Lui aimait une mouette ; il ne reconnaissait pas celle qui se trouvait là devant lui. Il tendit le bras, attrapa sa main et déposa un baiser au creux de son poignet. Ce petit espace de peau, douce, tendre et intime l'émouvait. Un parfum de *monoï* emplissait l'atmosphère. Cloé se pencha sur lui, et entreprit de le caresser. Ce geste, qui aurait pourtant dû l'enchanter eut pour effet de le perturber davantage.

Harold bredouillait maintenant, incapable d'expliquer ce qui lui arrivait. L'alcool, la bringue, la nuit trop courte… Cloé se redressa, blessée, mais très digne. Elle se releva, se drapa d'un paréo posé là et, se tournant vers Harold :

— J'ai accepté de venir. Je suis allée à la messe. Et toi, tu n'es même pas capable de me… baiser !

Il fut surpris autant que blessé par ses paroles crues et cinglantes, mais Cloé l'abandonna là, à son humiliation et à ses doutes. En sortant, elle bouscula Aiata. En larmes, elle lui cria au visage sa haine de Tahiti et son désir de rentrer chez elle. Cette dernière, surprise par cette violence qui défigurait la jolie Normande, entra sans hésiter dans la chambre. Harold était sur le lit, encore sous le choc de ce qui venait de se passer. Aiata lui tendit un café, au départ destiné à Félix. Sans dire un mot, et dans un pauvre sourire, Harold s'empara de la tasse.

— Excuse-la, elle est mal. Je ne sais plus quoi faire pour l'aider.

Et il lui raconta tout, ces dernières années, Cobh, son arrivée à Honfleur, un jour, sa rencontre avec la jeune femme. Et puis la mort de Jean Lebon, et le chagrin de Cloé.

Quand il alla la retrouver quelques minutes plus tard, elle était seule, assise face au lagon. Enserrant ses genoux dans ses bras, le regard perdu au loin, vers Moorea, d'une main, elle jouait machinalement avec le lobe de son oreille gauche. Tahiti n'était pas pour elle, elle en était maintenant convaincue. Elle ne serait jamais une fille des îles. Harold, silencieux, resta là un long moment, à la contempler. Elle était si fraîche dans son paréo. Il allait falloir qu'il se décide. Trouver les mots, surtout. Ce qu'il devait lui expliquer n'était pas simple. En fait, cela faisait plusieurs mois qu'il essayait. Un *tupapau*, peut-être. Quelques mois que cela le torturait. Ce n'était pas toujours facile de parler.

Il avança d'un pas, s'installa près de la jeune femme qui regardait au loin, faisant tout pour l'ignorer. Il devinait que son menton tremblait légèrement. Harold tenta un geste, mais elle se releva, essuya son nez d'un revers de la main, et remonta vers la maison, sans mot dire. Il resta assis dans le sable, jouant quelques instants à le laisser glisser entre ses doigts. Il devait réagir, il le savait, mais ses jambes étaient de plomb et son cœur était lourd. Derrière lui, quelques *tupas* menaçants s'étaient approchés. Il avait toujours eu une sainte horreur de ces crabes de terre, énormes, à la pince volontiers dressée.

Instinctivement, il se déplaça, dans un sursaut de dégoût, avec la sensation diffuse que les crabes étaient sortis de leur terrier pour le provoquer ou le chasser. Il eut l'impression étrange et désagréable d'être montré du doigt, accusé même. Même les tupas le traitaient d'imbécile.

Dans un ultime effort pour retrouver de sa superbe, il se redressa et décida de piquer une tête dans le lagon miroitant.

En pirogue, il se dirigea vers l'endroit que lui avait fait découvrir Poehina. Là, il jeta l'ancre, mit son masque, son tuba et les palmes restées là. Doucement, il se laissa glisser dans l'eau. La lumière l'enveloppait. Le sable blanc du tombant était doux au regard, l'eau, chaude, le silence apaisant. Harold prit sa respiration et plongea pour s'allonger au fond de l'eau. Il se sentait bien là, isolé et comme protégé du monde. Sur le dos, il regarda le soleil à travers l'eau. La lumière frémit. Mais bientôt, il dut remonter pour respirer ; ce qu'il fit à regret : il n'était qu'un homme.

Quelques poissons-chirurgiens vinrent à sa rencontre. Il leur sut gré de cette visite, se sentant ainsi moins seul. Au fond de l'eau, une porcelaine. Harold remplit d'air ses poumons et replongea : il allait lui offrir. Il s'empara du petit coquillage foncé tacheté de blanc, très fier de lui. Brusquement, il ressentit le besoin d'aller chercher la jeune femme et de partager avec elle cet univers fabuleux et si différent de la plage normande qu'elle aimait tant.

Mais oui, c'était ça, il allait l'amener ici.

Quand il remit les pieds sur le sable, il se sentait ragaillardi. Sur la terrasse, la famille était réunie. Le repas de midi se préparait. Aiata était en train d'expliquer la recette du poisson cru à Cloé. Elle lui apprenait les gestes, la façon de percer la noix de coco pour en boire l'eau. Une véritable complicité semblait s'être s'instaurée petit à petit entre les deux femmes. Harold s'avança. Penaud et timide, il lui tendit le coquillage, comme une offrande qu'elle accepta, d'un air pincé. Puis, d'un air très doux et même un peu suppliant, il lui demanda de l'accompagner. La jeune femme était encore sur la défensive, mais Félix, dans un sourire encourageant, l'enjoignit à suivre son compagnon. Elle finit donc par accepter. Harold emmena Cloé sur le lagon, et là, dans la petite pirogue, ils se retrouvèrent enfin.

— Tu ne nous aimes pas beaucoup, n'est-ce pas ? Tu n'as pas l'air de te sentir bien parmi nous. La Polynésie ne te plaît pas ?

Aiata regardait attentivement Cloé. La jeune Normande avait l'impression que son amie tentait de sonder son âme. Cela en devenait gênant. Elle commençait à rougir. Elles étaient toutes les deux assises sous leur arbre, lequel à ce moment précis, prenait des allures d'« arbre à palabres ». Cela faisait quelques semaines que Cloé et Harold étaient arrivés. Mais contre toute attente, Cloé restait anxieuse, et puis les nouvelles qu'elle avait de Marie n'étaient pas faites pour la rassurer. De plus en plus de crises de démence et des cauchemars à n'en plus finir, si l'on en croyait les nouvelles données régulièrement par Charlotte.

— Non tu te trompes. Je… Enfin… Ce n'est pas facile à expliquer. Cela n'a rien à voir avec toi. Je suis… soucieuse.

— C'est Harold alors ? Tu as des problèmes avec Harold ? C'est un gentil compagnon. Il est doux ; il ne boit pas ; et il fait bien l'amour, non ? C'est très important. Vous faites bien l'amour tous les deux ?

— Je t'en prie Aiata. C'est terriblement gênant. Tu es très indiscrète.

— Nous sommes entre femmes. Tu peux me parler. Cela fait du bien de se parler entre femmes. Nous vivons sous le même toit et je ne vous entends pas faire l'amour. Cela n'est pas bien. Félix et moi le faisons souvent.

Cloé fut troublée par l'intimité de cette discussion.

— Nous avons un cabanon à la Pointe de Vénus ; c'est là que nous allons quand nous avons envie d'être tous les deux. C'est notre endroit secret. Vous avez un endroit secret ? C'est important. Vénus, c'est la déesse de l'amour, tu sais. C'est pour ça. Quand nous allons là-bas…

— Je t'en prie Aiata !

Elle se redressa : leur couple était en harmonie, merci. Mais Aiata, imperturbable, continuait…

— Quand j'ai envie de provoquer Félix, je me parfume à la vanille. Il n'a jamais pu résister ! Je prends une gousse de vanille parfumée. Et j'en mets dans mon soutien-gorge. Cela le rend fou. La vanille de Tahiti est aphrodisiaque, tu devrais essayer… je mets aussi du monoï au tiaré dans mes cheveux. Tu dois aider Harold.

Cloé décida que la conversation avait assez duré. Elle se leva, lissa son paréo, reprit son sac de plage et ses claquettes. Tandis qu'elle s'apprêtait à se diriger vers la maison, Aiata l'interpella :

— Attrape !

Une clé de cadenas.

— C'est le cabanon jaune, tout au bout de la pointe. Vous ne pouvez pas vous tromper. Il sera disponible dans les trois jours à venir. N'hésitez pas. Si tu veux un conseil…

Mais Cloé n'avait pas besoin de conseils. Elle laissa là Aiata, étendue dans toute sa splendeur, offerte au soleil et au léger clapotis du lagon pour regagner sa chambre. Elle devait préparer son sac : Harold et elle embarquaient le lendemain pour un petit séjour en amoureux aux îles Marquises.

Les îles Marquises, juin 1996

Ils embarquèrent à onze heures du matin sur La Perle noire. Le cargo avait de l'allure, avec des cabines spacieuses, un pont circulaire sur lequel on pouvait boire un cocktail, lire un livre ou simplement rêver en regardant les nuages et enfin, une belle piscine à l'eau chaude et turquoise qui ravissait les nombreux touristes.

Cloé fut tout de suite gênée par cette promiscuité. Elle ôtait à ses yeux tout romantisme à leur croisière. Se sentir à l'étroit au milieu de l'océan, c'était un comble ! En fait, les moments qu'elle appréciait le plus, c'étaient les accostages, quand les marins débarquaient les marchandises. Alors, elle pouvait retrouver ces ambiances propres aux ports qu'elle aimait tant.

— J'ai déjà fait ce trajet, il y a quelques années. À l'époque, le bateau s'appelait le «Kaoha Nui». Il était surnommé le «Dégueuloir du Pacifique». Certes, il était moins confortable que La Perle noire ! En fait, même à quai, il tanguait sérieusement. Il y avait moins de touristes aussi.

— Je crois que j'aurais préféré, murmura la jeune femme en détournant la tête.

Accoudée au bastingage, elle suivait du regard un groupe de dauphins qui les accompagnait, et se surprit à les envier. Ils étaient si libres ! Un instant, elle eut le sentiment d'être piégée dans un filet, une nasse. Elle refusait de ressembler à ses compagnons de croisière, se sentait aussi différente d'eux qu'une petite crevette grise au milieu d'une assiette de gambas !

— Tu sais, je m'imaginais notre escapade autrement. Tu voulais que l'on soit tous les deux, nous sommes partis tous les deux…

— C'est sans compter les quelque deux cents passagers qui nous entourent, ironisa-t-elle !

— Cloé, j'en ai marre ! *Fiu*, comme on dit chez nous ! Tu fais la gueule tout le temps, tu es infecte avec ma fille. Tu regardes Aiata de travers. Il n'y a que Félix qui a le droit à un sourire, de temps en temps… N'importe qui rêverait de faire cette croisière. Là, je commence à saturer. Que te faut-il ? Tu…

Mais la jeune femme furieuse, la gorge pleine de larmes, l'interrompit :

— Je ne suis pas n'importe qui ! Et moi, ici, ce n'est pas chez moi. Moi, je suis de Honfleur, je ne suis pas une *vahine*, et je…

Mais elle n'eut pas le temps de finir sa phrase. La Perle noire entrait en baie de Nuku Hiva.

— Regarde, c'est Taiohae !

La jeune femme recula comme assommée par la grandeur du paysage qui s'offrait à elle. Elle n'avait même plus envie de râler et resta là, muette. Les falaises surplombaient l'océan. Des chutes d'eau étaient visibles du bateau. Et puis, avec ce sable noir qui tranchait avec le bleu profond de l'océan : ce tableau était un cadeau. Ici les premières notes si particulières de la chanson de Brel prenaient tout leur sens. L'atmosphère semblait statique.

Même les vagues roulaient au ralenti, épousant le rythme des cocotiers qui se balançaient nonchalamment dans le vent. Instantanément, elle aima Les Marquises, l'archipel rebelle. Rien à voir avec les îles de la Société. Pour elle, ces îles étaient à Tahiti ce que la Manche était à la Méditerranée, sauvages et authentiques ! Elle ne bougea pas jusqu'à ce que le cargo jetât l'ancre dans la baie. Un zodiac vint les chercher. Arrivée sur la plage, la petite Normande, prise de vertiges, éprouva le besoin de s'asseoir sur le sable, un instant étourdie par toute l'activité qui régnait autour d'elle. Cela sentait le coprah, le poisson et les fruits. Les hommes criaient et les enfants plongeaient dans les vagues. Des femmes étaient là, qui attendaient le cargo aux flancs pleins de promesses. Cloé s'imprégna de toute cette ambiance, ces couleurs, ces parfums. Elle savait qu'elle n'oublierait jamais cet instant.

Des jeeps arrivèrent bientôt pour cueillir les touristes et les embarquer pour un tour de l'île « express ».

— Dépêche-toi Harold !

Mais ce dernier la regarda en souriant :

— Ce n'était pas une bonne idée ce voyage organisé ; je viens de le comprendre. Tu as raison, tu n'es pas comme les autres. On va rester là quelques jours. Puis nous irons à Hiva Oa. Nous rentrerons à Papeete par avion. Cela te va comme ça ?

Cloé lui sauta au cou. Enfin, elle allait pouvoir être elle-même, seule avec Harold.

— Mais nos bagages ?

— Nous les récupèrerons à Papeete à notre retour. Nous n'avons pas besoin de grand-chose. Nous allons nous trouver une chambre d'hôte ; pas d'hôtel, n'est-ce pas Cloé ? ajouta-t-il en lui souriant tendrement.

Ils passèrent trois jours à Nuku Hiva, à baigner dans la culture marquisienne. La jeune femme découvrit une nature luxuriante, différente de tout ce qu'elle connaissait déjà. Tout semblait être resté sauvage, à l'image de ces cascades indomptées. Les Marquises réussirent là où les îles de la Société avaient échoué : elles adoptèrent Cloé qui s'y reconnut. En souvenir de ces moments enchanteurs, elle se fit tatouer une chute d'eau le long du sein droit chez un petit tatoueur du port. Quand elle bougeait, l'eau ruisselait sur sa peau. Trois jours plus tard, ils rejoignirent Hiva Oa. L'émotion serrait le ventre de Cloé quand elle posa le pied sur l'île. Une fois encore, cette impression d'immobilité, ce sentiment que le temps n'avait pas bougé, que les choses étaient restées telles que Gauguin les avait peintes, Brel chantées. La jeune femme eut un peu le sentiment de pénétrer dans un sanctuaire. Ils décidèrent de rester là quelques jours, séduits et sachant déjà qu'il leur serait difficile de repartir. Harold était particulièrement ému et avait du mal à le cacher.

— Tu ne m'as jamais expliqué à quelle occasion tu étais déjà venu.

Il respira profondément :

— Oui, je vais te le raconter. En fait, j'étais venu retrouver, ou plutôt rencontrer mon père. Il vivait là, à Atuona. Moi, je vivais à Cobh, en Irlande, avec ma mère. Papa était irlandais, comme je te l'ai déjà dit, ma mère, quant à elle, était française.

Cloé se fit la remarque qu'en fait, elle ignorait tout de lui. Elle était partie au bout du monde avec un homme qu'elle ne connaissait pas. Ce qu'elle savait de lui se résumait à un voilier ancré dans le port d'Honfleur.

— Un jour, mon père est parti. J'étais adolescent. Il avait un voilier immense. Il est parti, un matin après nous avoir embrassés, ma mère et moi. Maman est restée à Cobh, s'est occupée de la distillerie. Peut-être attendait-elle son retour ?

Harold, à cette époque, s'était promis de le retrouver ; pour comprendre. Sa mère était morte quelques années plus tard, le laissant seul avec une fortune considérable et une tonne de questions. Il avait la chance de ne pas avoir à travailler pour vivre et avait choisi d'étudier les langues et particulièrement le français. Il était persuadé que ses recherches le conduiraient, un jour, en Polynésie Française, son père ayant toujours été fasciné par les îles. Les choses s'expliquaient, ce petit accent que Cloé aimait tant ; l'attachement de Harold à la Polynésie, aussi. C'est étrange, se dit-elle, nous avons en commun l'absence et la disparition du père. Peut-être était-ce pour cela qu'Harold la comprenait si bien. Petit à petit, de fil en aiguille, il se raconta. Ses recherches s'étaient terminées à Atuona, en 1973. Il avait vingt ans à l'époque. Une amie de ses parents, à la mort de sa mère, avait levé un pan du secret. Son père était parti avec une Polynésienne.

Harold était donc parti à Tahiti. Cela n'avait pas été très diffi-cile de le retrouver. Cela avait été d'autant plus simple que son père n'avait absolument pas cherché à se cacher. Il avait fini par le retrouver à Atuona, coulant des jours heureux auprès d'une vieille Marquisienne édentée. C'était un autre homme, qui ne ressemblait en rien au souvenir austère et sévère qu'en avait l'ancien gamin. L'homme vivait dans une petite maison, au bord de la piste, non loin du petit collège. De chez lui, on entendait les enfants rire et chanter, ces petits « carillons » qui montaient chatouiller les mémoires des deux artistes. C'était un ancien phare caché derrière un papayer. Des chevaux en liberté se pro-menaient sur le chemin et pénétraient parfois dans le jardin. Le toit du *fare* était fait de tôles. Des fenêtres ouvertes laissaient la brise entrer caresser les voilages. Devant la porte, un tamarinier plein de fruits s'offrait aux visiteurs. De la salle, on apercevait la silhouette d'un *tiki*, sculpture gardienne de la nuit. Elle se faisait inquiétante à la tombée du soir. Et, si l'on tendait bien l'oreille, on pouvait percevoir, outre quelques chants (l'église n'était pas loin), le roulement des vagues qui se brisent inlassablement sur les rochers. Ce dernier l'avait accueilli de bonne grâce et même avec un certain plaisir. Il l'avait présenté à sa femme et à ses amis. Tout le monde semblait savoir qu'il avait un fils et on s'attendait à le voir un jour. Cela avait touché Harold, plus qu'il ne l'aurait cru. Les deux hommes avaient sympathisé rapidement. Harold avait aussi rencontré son illustre voisin, le grand Jacques qui avait jeté l'ancre quelques mois auparavant en baie d'Atuona. Brel était mort en 1978, le père d'Harold en 1982. Il avait été inhumé dans le même petit cimetière que son idole, pas très loin de Gauguin.

Contre toute attente, la vieille Marquisienne, sa compagne, bientôt centenaire, était toujours de ce monde. Complètement aveugle, elle vivait encore dans leur maison. Assise sur la terrasse, elle fumait cigarette sur cigarette et interpellait chaque voisin qui passait pour discuter avec lui. Tous les après-midi, elle ne manquait pas de monter au cimetière « saluer ses tombes ». Elle entonnait des chants polynésiens devant la stèle de son homme, et aussi devant celle de l'artiste ; « Toi qui chantais pour les autres, laisse-moi chanter pour toi… » Elle-même avait été une de ces femmes lascives que Brel avait chantées, elle lui devait bien ça.

Malgré les protestations de Cloé, Harold décida d'aller la saluer. Quand il s'approcha de la vieille aveugle, en se présentant, cette dernière, émue, promena ses doigts sur le visage de son visiteur.

— Je te reconnais. Tu ressembles à ton père. Je te remercie d'être venue prendre des nouvelles de la vieille Tepua. Oui, je retrouve à travers tes traits l'homme que j'ai aimé et cela adoucit mon cœur. Et puis, tu as sa voix. Et ses mains aussi, ajouta-t-elle alors qu'elle les serrait dans les siennes. Dis-moi, tu es allé le voir au cimetière ?

— Non, pas encore, Tepua. Je comptais y aller après être venu à la maison. Je suis heureux que tu sois encore là.

— Si tu le veux bien, je vais venir avec toi. Il sera heureux de nous voir ensemble. Oui, je suis encore là, mais je ne sais plus trop ce que j'y fais. Ton père m'attend. Mais tu n'es pas venu seul ?

— Tepua, je voudrais te présenter Cloé, ma… fiancée. Je l'ai emmenée aux Marquises pour lui parler de Papa et de toi.

— *Maeva* Cloé, sois la bienvenue. Laisse-moi toucher ton visage, que je te voie. Entrez, nous allons boire ensemble, et fumer. C'est bien que tu présentes ta fiancée à ton père. Il sera heureux de ça. Il ne faut jamais oublier d'où l'on vient. Tu es un bon fils Harold. Tu sais, il t'aimait beaucoup.

— Oui, Tepua, je crois que j'avais compris cela. Je l'aimais aussi.

Ces paroles atteignirent le cœur de Cloé. « Ne jamais oublier. » Jean Lebon lui manqua douloureusement.

La visite au cimetière fut particulièrement difficile, surtout cette vision d'Harold et de la vieille Marquisienne inclinés, main dans la main, sur la tombe de leur disparu, unis dans le recueillement. La vieille femme entama un long chant empreint de nostalgie. Cloé se surprit à les envier et à penser qu'elle aurait donné n'importe quoi pour pouvoir se recueillir sur une tombe. Que Jean en fût privé lui était insupportable.

Bien sûr, ils rendirent visite également sur les sépultures de Brel et de Gauguin. Enfin, de retour au *fare* de la vieille femme, cette dernière refusa de les laisser partir sans avoir mangé avec eux. Il lui restait du poisson cru… Elle insista aussi pour les héberger. Ils avaient des choses à se raconter, à régler aussi. Elle voulait tout savoir.

Cloé finit par céder. Ils passèrent donc une soirée agréable, à évoquer des souvenirs, à chanter. Tepua se leva brusquement et disparut dans une petite pièce. Elle en revint avec les bras chargés d'albums photo. Ils ne lui servaient plus à rien, Harold pouvait repartir avec s'il le désirait. La main un peu tremblante, Harold en ouvrit un au hasard et c'est avec émotion qu'il montra à Cloé une photo de lui, enfant. Il ne savait pas que son père en avait emporté avec lui. Cloé, quant à elle, se fit la remarque que la vieille femme évoquait toujours le père d'Harold au présent, ou au futur. « Ton père sera content de savoir que… » « Il sera mort quand j'en parlerai au passé » expliqua Tepua dans un sourire.

Le lendemain matin, Harold l'embrassa sur le front pour la saluer. Il ne savait trop quoi dire. Il n'est jamais simple de se dire au revoir quand on sait que l'on ne se reverra pas. Tepua glissa sa main dans la poche d'Harold.

— C'est la montre de ton père, il n'en a plus besoin, et moi non plus. La seule chose dont je suis sûre, c'est que mon heure approche.

En repartant, Harold, à l'image de Cloé, resta très silencieux. Cette dernière pouvait percevoir son émotion et la partageait.

Avant de quitter Atuona, les deux amants retournèrent s'incliner sur les tombes une dernière fois.

À leur retour, toute la bande les attendait à l'aéroport de Faaa. Cloé savait déjà que son petit séjour aux îles Marquises l'avait changée. Il lui en resterait l'image d'une cascade effleurant son sein droit. Des regards profonds, une parenthèse dans le temps, lorsque celui-ci s'*immobilise*. La silhouette d'Harold également, recueilli sur la tombe de son père ; les paroles de Tepua. Oui, elle-même était hantée par un *tupapau* mais elle avait progressé. Elle voulait maintenant qu'il s'en aille. Aiata et la vieille Tepua lui avaient permis de comprendre cela.

Elle enviait la souplesse d'Aiata et la sérénité de la centenaire. Elle savait aussi que sa réponse à elle n'était pas là, mais bel et bien à Honfleur. Il allait falloir qu'elle rentrât, si elle voulait pouvoir enfin se libérer. Elle ne pourrait rien construire avant. Ce retour dans les îles de la Société la perturbait : trop de bruit, trop de monde, trop de rires. Trop de futilité surtout.

Poehina leur avait préparé une surprise. « La Perle de la Déesse de la lune » avait quelque chose à dire. Cela sentait l'annonce de mariage à plein nez. Avec un peu de chance, ils seraient invités. Elle était même fichue de proposer à Cloé d'être son témoin. Bref, avant même que le repas ne commençât, Cloé était sur la défensive. La famille était réunie. Les amis aussi. Un coq imbécile chantait à tue-tête. Au loin, dans le lagon, quelques poissons volants s'étaient invités à la fête. Les tupas, prudemment, avaient regagné leurs trous. Çà et là, on entendait le bruit sourd d'une coco qui tombait sur le sable. Puis, le soleil plongea derrière Moorea. Les hinano entamèrent leur ronde ; la fête allait pouvoir commencer.

Ce soir là encore, Cloé se sentait isolée. Malgré tous ses efforts, elle savait intuitivement que jamais, elle ne ferait partie du « clan », de la « tribu ». Elle était trop loin. Son âme était restée quelque part, entre le port d'Honfleur et une baie des Marquises. Et puis, cette famille, si unie, c'était un peu comme un miroir inversé qui lui renvoyait l'image de Marie seule dans sa maison de retraite, de Pierrick et Charlotte, et puis et surtout, celle de Jean. Malgré tout, elle essaya de donner le change, souriait quand il fallait sourire, s'extasia sur le dernier paréo acheté par Aiata, accrocha un collier de perles au cou délicat de Poehina. Elle sourit aussi à Harold, lui rendit un baiser. Félix lui fit son sempiternel clin d'œil, elle le lui renvoya.

Puis l'instant se fit solennel. Poehina se leva au bras de son fiancé :

— Cher papa, chère maman… comment vous dire ?

Elle continua en tahitien. Brusquement, Aiata fondit en larmes et sauta dans les bras d'Harold qui, ni une ni deux saisit la tête de la Polynésienne, pour l'embrasser à pleine bouche. Félix, quant à lui, commença une étrange danse, se tapant sur le poitrail ! Elle était la seule à ne pas s'esclaffer ni s'attendrir ; malgré elle, extérieure à la scène. Cloé sourit un peu niaisement, se retenant de partir.

— Ma chérie, c'est merveilleux, je vais être grand-père !

La phrase resta en suspens. Cloé s'écroula, secouée par les spasmes d'un fou rire incontrôlable. On frôlait la crise d'hystérie. En fait, c'était bien de cela qu'il s'agissait. Elle ne riait plus, elle suffoquait, cela en devenait douloureux. Les larmes n'étaient pas loin. Autour d'eux, on avait arrêté de parler. On la regardait. Et elle riait, elle hurlait de rire. Harold, gêné, tentait de la calmer.

Impossible.

— Ressaisis-toi, je t'en prie.

Un instant, elle se calma, mais le fou rire la reprit de plus belle. Parmi les invités, on commençait à chuchoter ; quant à Poehina, elle n'allait pas tarder à faire la gueule.

Alors Félix se leva, regarda Cloé, s'excusa puis lui balança une gifle magistrale, laquelle eut pour effet de la calmer instantanément. La main sur la joue, un peu suffoquée tout de même, elle le remercia. Tout le monde retenait son souffle. Cloé, quant à elle, se leva doucement, la main sur sa joue qui maintenant commençait à rougir et à enfler. Harold ébaucha un mouvement vers elle, mais Félix le retint du bras.

— Reste avec nous Harold, reste avec Poehina. Cloé a besoin d'être seule et ta fille a besoin de toi. Vous aurez tout le temps de parler plus tard. C'est la soirée de notre fille.

Le «notre fille» amusa Harold. Oui, Félix avait raison, reprendre les guitares et les *ukulele* ; que la fête continue. On mangea, on but, on chanta, on rit. Aiata ne cessait de caresser le ventre de sa fille. Ce serait un garçon, on l'appellerait Moana, comme l'océan.

Cloé fut vite oubliée. Pourtant, elle n'était pas loin, face au lagon, les yeux plongés dans les étoiles lumineuses, cherchant celle de Jean, elle savait ce qui lui restait à faire. Elle réfléchit à la discussion qu'elle aurait avec Harold dès le lendemain. La fête battait son plein quand elle rentra au *fare*.

Le lendemain matin, Cloé regagna la terrasse un peu honteuse. Aiata et Harold étaient dans la cuisine ; ils ne l'avaient pas entendue venir. Cloé s'éclipsa discrètement. Elle n'avait pas envie de les voir. Elle se dirigea donc vers la douche, prit tout son temps pour se préparer. Aiata la rejoignit dans la salle de bains.

— Je te demande pardon, Aiata. À toi, à Poehina aussi. De vous voir aussi heureux tous…

— Mais qu'attends-tu exactement Cloé ? Il ne tient qu'à toi d'être heureuse avec nous. Harold ne mérite pas cela. Écoute Cloé, je t'aime beaucoup, tu le sais. Harold t'a choisie, j'ai confiance en lui. Mais tu dois faire attention à vous. Tu es si capricieuse. Cloé, tu n'es plus une petite fille, tu vas devoir grandir… si tu veux garder Harold.

— Tu as raison Aiata. Je ne vous gênerai plus.

Aiata soupira. Quelques instants plus tard, Cloé retrouvait Harold sur la plage. Ce dernier l'embrassa en silence. Cloé attendait, mais Harold évitait soigneusement son regard.

— Je vais partir Harold. Je prends le prochain vol.

Elle le regardait. Il ne comprenait pas. Elle avait un peu pitié de lui. Lui aurait aimé lui parler, lui demander de rester mais il savait que cela aurait été peine perdue. Elle avait raison : elle devait partir. Cloé se releva et retourna dans la chambre, préparer son sac. Le dessus de lit traînait par terre. Elle aurait voulu en emporter un. Peut-être en demanderait-elle un à Aiata. Harold la rejoignit. Elle le regarda, comme elle ne l'avait jamais fait auparavant ; le vit comme elle ne l'avait certainement jamais vu.

— Ta vie est ici, continua-t-elle, pas la mienne. Poehina est ta fille ; pas la mienne. Je dois rentrer à Honfleur. Marie, Pierrick et Charlotte m'attendent, eux ont besoin de moi. Pas toi. Et je dois me retrouver, moi. J'ai appris cela aux Marquises. Rappelle-toi ce qu'a dit la vieille Marquisienne – n'oublie pas qui tu es – je crois que je ne sais plus qui je suis. Il y a un vide que je dois combler, mon « *tupapau* ». J'ai cru que tu pourrais m'aider. Je me suis trompée. Tu ne peux rien pour moi, ni toi, ni personne.

Elle lui tourna le dos pour qu'il ne la vît pas pleurer et décida de se concentrer sur son sac, rangeant méticuleusement chaque objet.

— Je pars avec toi.

— Ne dis pas n'importe quoi…

— Je n'ai jamais été plus sérieux. Oui, je pars avec toi. Je reviendrai plus tard, avec toi, j'espère. Mais pour l'instant, tu as raison. Il y a des choses que j'aurais dû te dire, il y a longtemps. Le temps de réserver deux places sur le prochain vol, de parler à Aiata et Félix, à Poehina aussi, et nous partons. Maintenant, je te demanderais d'être patiente.

Les premiers passagers commencèrent enfin de débarquer et Rose aperçut au loin Cloé et Harold qui lui faisaient de grands signes. Elle se dit que son amie n'avait pas l'air particulièrement effondrée ; bien au contraire.

Pendant les quelques heures que dura le retour à Caen, les trois amis discutèrent de choses et d'autres. Rose n'en saurait pas plus. Arrivés chez Rose, ils mangèrent une pizza surgelée et un verre de vin rouge avant que Cloé ne plonge dans un sommeil profond.

— Que se passe-t-il Harold ? Vous n'étiez pas censés rentrer si tôt… Un problème avec Cloé ?

— Je me suis trompé Rose. J'ai espéré qu'en l'éloignant d'Honfleur, je l'aiderai, que les cocotiers et le lagon auraient raison de son chagrin.

— Nous en avons parlé tous les deux. Tu connais mon avis.

— Rose, j'avais tort. À cause des *tupapau*…

Il la regarda et lui offrit un sourire empreint de lassitude.

— Je crois que j'ai perdu Cloé, ou que je vais la perdre bientôt. Mais je ne peux plus faire autrement.

Sur ces paroles énigmatiques, Harold se leva et partit rejoindre Cloé dans la chambre d'amis. Quand il se coucha à ses côtés, elle dormait à poings fermés.

C'est en bus qu'ils regagnèrent Honfleur dès le lendemain, après une bonne nuit, une grasse matinée et un solide déjeuner. Ils arrivèrent en fin d'après-midi. Le port, calme et serein, se reposait dans une lumière douce. Cloé retrouva la Lieutenance avec émotion. Petite fille, elle avait rêvé d'emménager là. Elle aimait cette heure quand le bassin se recentrait sur lui-même, comme à l'époque où avant d'être un port de plaisance, Honfleur avait été celui des pêcheurs. Aujourd'hui, les voiliers remplaçaient les chalutiers. C'est avec tristesse qu'elle avait assisté à cette lente, mais irrémédiable transformation. Il lui avait semblé alors que le bassin, en perdant ses pêcheurs, perdait un peu de son âme. Maintenant, Le Cyrano défiait les voiliers. Il était bien là ; il l'avait attendue tout ce temps. Cloé éprouva une émotion intense en le voyant fidèle au poste. Enfin, elle était rentrée « à la maison ».

C'est en tremblant qu'elle ouvrit la porte de la cabine. Moorea, le lagon étaient bien loin, définitivement. Le Moineau était rentrée chez elle.

Elle demanda à Harold de la laisser et s'allongea sur sa couchette, retrouvant sa vieille couverture avec bonheur. Elle pouvait encore sentir son parfum, ce singulier mélange qui l'avait toujours rassurée. En fermant les yeux, elle se concentra sur l'instant présent. Le clapotis de l'eau sur la coque, l'odeur du bois, le bruit de la ville au-dehors. Le cri des mouettes. Y avait-il des mouettes à Tahiti ? Elle ne se souvenait pas en avoir vu. Pour tout dire, la jeune femme avait le sentiment confus de s'être un peu perdue. Elle aurait presque envie de s'excuser auprès de son bateau. Comme si elle craignait qu'il ne lui reprochât de l'avoir trahi pour une pirogue plus belle que lui, plus « exotique ».

Qu'était-elle allée faire sur La Perle noire, alors que le Cyrano l'attendait au port ? Non, vraiment, elle ne partirait plus.

Après s'être reposée quelques instants, elle s'offrit une petite promenade. Harold était occupé sur le Kaoha Nui. Depuis leur départ de Faaa, il semblait soucieux, encore plus mystérieux. L'Embarcadère était fermé. Les retrouvailles attendraient le lendemain. C'était étrange ce sentiment diffus d'être une étrangère au cœur de sa ville. Tout la surprenait, tout la ravissait. Elle redécouvrait ces ardoises sombres, ces maisons alignées et hautes, serrées les unes contre les autres, comme pour se réchauffer. Un court instant, elle revit celle de Paea et pensa au margouillat. Mais les fenêtres honfleuraises s'illuminèrent, lui souriant comme pour la prendre dans leurs bras. La Mouette était revenue chez elle et sa ville fêtait son retour. Enfin soulagée et détendue, Cloé se rendit compte qu'elle était affamée. Elle décida de manger sur son bateau, toute seule, quelques crevettes, une tranche de bon pain, du beurre demi-sel. Peut-être un tourteau ou quelques étrilles. Goûter la mer, en sentir le sel sur ses lèvres, en humer l'iode, et s'en griser. Elle alla à la criée où Jean-Pierre l'interpela. Alors comme ça, elle était rentrée ? Ils lui avaient donc manqué à ce point ? Cloé répondit en souriant. C'était beau là-bas, mais elle était bien contente d'être rentrée chez elle. Ils discutèrent un instant de ce que l'on éprouve lorsque l'on ne se sent pas à « sa place ». Un sentiment indéfinissable, mais persistant. Oui vraiment, ici elle était chez elle, avec eux tous ses amis, les pêcheurs ; et avec sa famille aussi. Elle repartit donc sur son bateau avec de quoi se restaurer. Quelques rares touristes qui se promenaient sur le bassin, flânant, indécis devant les restaurants qui leur ouvraient leurs portes la saluèrent amicalement pendant qu'elle se débouchait une bouteille de cidre. Ainsi, sur le Cyrano, la jeune femme se retrouva elle-même, avec ses petits seins, et ses taches de rousseur.

Avant de se coucher, elle défit son gros sac de cuir. Un par un, les objets retrouvèrent leur place. Elle regarda chaque photo, chaque objet avec une tendresse nouvelle, caressant du bout des doigts le bois de la cabine. Enfin, elle se déshabilla, puis s'allongea sur sa couchette, s'enroulant dans sa vieille couverture comme elle l'avait fait si souvent et comme Jean l'avait fait avant elle. Bercée par le léger roulis, et entourée par la ville et ses murmures, Cloé s'endormit rapidement.

Réveillée avec le soleil, heureuse d'être là ; elle resta de longues minutes à s'étirer dans son lit, reprenant doucement possession de sa vie et de son espace. À quoi consacrerait-elle sa journée ? En fait, la jolie Honfleuraise était un peu larguée. Elle la passerait donc à flâner, à se ressaisir. Le décalage horaire, mais aussi ces derniers mois l'avait passablement perturbée.

Pendant qu'elle réfléchissait à son emploi du temps, on frappa à la porte. C'était Harold. Elle devait se lever. Ils avaient beaucoup à faire. Mais Cloé avait besoin de se retrouver un peu seule. Ce serait donc sans elle que son compagnon passerait la journée à Caen. Après l'avoir embrassée doucement, il sortit de la cabine.

Cloé, soulagée, reprit le fil de ses pensées. D'abord, comme elle avait coutume de le faire, et comme son père l'avait fait avant elle, s'offrir un café en terrasse. Elle avait hâte de retrouver ses amis. Elle se leva, s'habilla à la hâte. Pierrick ne l'avait pas vue arriver. Elle en profita pour l'observer à travers la fenêtre. Les yeux bleus délavés et perçants à la fois, des sourcils épais et touffus, maintenant blanchis par l'âge, le Vieux, comme ils l'appelaient tous, avait un nez incroyable, rougi par le grand air et le calva aussi. Comme beaucoup de marins, il ne se séparait jamais de sa casquette ni de sa vareuse. Un pantalon de lourde toile complète la tenue. Un collier de barbe blanc et le plus souvent un mégot au bec, Pierrick ressemblait à ce qu'il était : un vieux marin. Sa démarche évoquait également le roulis ; même que cela tanguait en fin de journée ! On serait bien incapable de lui donner un âge. Plus de quatre-vingts ans, certainement.

Quand il la vit entrer dans le bar, il hocha la tête d'un air entendu. Enfin, elle était revenue. Cloé avait toujours été si fantasque, et si seule, il n'avait pas aimé qu'elle s'en allât à l'autre bout du monde. Elle n'était pas faite pour ce guignol. Combien de fois avait-il risqué sa vie, et celle de ses compagnons pour sauver ces « marins d'eau douce » ? Non, il n'avait aucune sympathie pour eux. On ne s'improvisait pas marin... Et il ne suffisait certes pas d'avoir un beau bateau pour faire partie de La Famille. Il détestait les plaisanciers qui prenaient la mer comme un enfant joue « au grand ». La mer était tout sauf un jeu. Il ressentait pour eux le mépris que pouvait éprouver un montagnard à l'égard de ceux qui risquaient la vie des leurs en faisant du hors-piste. Cloé s'approcha de lui silencieusement, doucement. Il la regarda sans rien dire. Surtout ne pas montrer son émotion. Elle alla appuyer sa tête contre son épaule, déposa un baiser timide sur sa joue rugueuse. Il ne pipa pas mot, lui apporta son café et un croissant. Faire comme si… Mais elle distingua à la larme qui perlait à sa paupière, à quel point il était heureux et soulagé de la revoir. Il se retourna et se moucha dans son grand mouchoir à carreaux avec le même bruit de trompette qui la faisait tant rire quand elle était petite.

— Tu es revenue, c'est bien.

Mais Harold franchit la porte du bar. Il était parti sur son bateau chercher un collier de coquillages pour Charlotte. Pierrick se raidit. Ainsi donc, elle était rentrée avec lui ! Ce n'était donc pas fini cette histoire ! Il se renfrogna et cacha à peine son dépit. Harold, magnanime, fit semblant de ne pas voir le visage du vieil homme se contracter.

— Pierrick, je vous l'ai ramenée votre filleule ! Et pourtant, nous repartons dans deux jours. Le temps de faire quelques provisions, d'aller rendre visite à Marie aussi. Nous prenons la mer, direction l'Irlande. Il faut bien que Cloé connaisse mon pays si je veux qu'elle m'épouse ! Sur ce, je vous la confie pour la journée, je dois me rendre à Caen…

À ces mots, Pierrick manqua de s'étouffer et Charlotte qui s'apprêtait à mettre son joli tablier bleu faïence, battit des mains !

— Enfin, une bonne nouvelle ! Mes enfants, je suis heureuse pour vous, nous le sommes tous les deux. Laissez-moi vous embrasser. Et puis, cela va faire du bien à Honfleur de faire la fête ! Nous pourrions faire cela ici, ou à La Source ? Madame Deleu serait certainement d'accord !

— Holà Charlotte ! Nous n'en sommes pas là ! En fait, Cloé ne m'a pas encore dit oui.

Cloé s'apprêtait à intervenir, mais choisit de se taire. Après le café, la jeune femme décida de rendre visite à sa mère. Elle avait préféré lui faire la surprise et ne l'avait pas prévenue de son retour, un peu angoissée par ces retrouvailles. Harold l'accompagnerait et cela la rassurait. Elle savait que Marie l'aimait beaucoup, et il charmerait Pierrette Deleu. Oui parce que, à vrai dire, Cloé n'était pas très fière d'être partie ainsi.

— C'est bien que vous soyez rentrée. Madame Marie n'est pas au meilleur de sa forme. Elle vous a beaucoup réclamée dernièrement.

Alors on lui raconta la progression de la maladie, les malaises de Marie, ses crises d'angoisse qui s'étaient amplifiées et qui la faisaient maintenant délirer.

— Comment va-t-elle aujourd'hui ?

Comment, on ne lui avait pas dit ? Marie avait fait une attaque qui l'avait beaucoup diminuée. Voilà, on ne savait rien d'autre. Impossible de se prononcer. Voulait-elle la voir ?

Mais Cloé partit en courant et bien sûr ses pas l'emmenèrent vers la jetée.

Elle était là depuis quelques minutes, à rêver en regardant la mer se retirer, quand une main se posa sur son épaule, rugueuse et calleuse, mais étonnamment douce. Sans même se retourner, elle y appuya sa joue.

— Je savais que je te trouverais là. Tu es allée voir ta mère ?

— Oui, bien sûr.

— Je viens ici tous les jours. Et tous les jours, je lui parle. Tu m'as manqué. Tu es rentrée, c'est bien. Tu vas vraiment épouser Harold ? J'ai du mal à le croire.

Cela faisait longtemps que Pierrick, le taiseux, n'avait pas autant parlé. Après cet élan, il se renfrogna soudain, certainement un peu gêné, ralluma son vieux mégot qui attendait là, perché sur son oreille gauche. Puis il repartit de son pas chaloupé vers son bistrot. Cloé le regarda s'éloigner en souriant un peu tristement. Il était sa seule famille, un vieux parrain.

Cloé s'offrit encore quelques instants de répit face à la mer, regarda vers Vasouy. Elle avait toujours trouvé ce nom très étrange, mélange de vase et de cambouis. C'était par là-bas, sur la grande plage qu'elle allait marcher avec ses parents. Elle n'avait pas vraiment de souvenir de jeux. Pas de cerf-volant, ni de château de sable, encore moins de partie de ballon, mais des promenades à n'en plus finir. Parfois, on croisait des chevaux qui galopaient sur la plage, quand leurs cavaliers ne les baignaient pas, l'été, dans la mer. Deauville n'est pas loin. C'est là aussi qu'elle avait appris à nager. L'eau certes était fraîche et les cuisses bien rouges quand on en sortait, mais elle adorait se baigner avec son père. C'était leur moment à tous les deux. Sa mère, qui n'aimait pas trop l'eau, les attendait, dignement assise sur une natte tressée, et leur criait de ne pas trop s'éloigner. En attendant, elle préparait le choco BN et la serviette râpeuse pour réchauffer la petite ; le moment venu, elle le croquerait, en commençant par les coins. Quand ce n'était pas un BN, c'était une barquette aux fraises. Comme tous les enfants, elle en mangeait d'abord le contour pour ensuite sucer l'intérieur de confiture doux et sucré. Marie avait décrété que Cloé était fragile, et qu'il fallait faire attention. C'était comme ça – tu vas encore nous faire un rhume ! Combien de fois la jeune femme avait-elle entendu cette phrase, elle qui n'était pas plus malade que les autres. Parfois, on prenait la vieille dauphine aux banquettes en skaï rouge, et on partait pique-niquer. On trouvait un petit coin de champ, rempli de pâquerettes et de boutons d'or que l'on interrogeait, observant l'apparition du petit reflet jaune dans le cou.

Ses parents l'avaient eue un peu sur le tard, à l'heure où on n'attend plus personne, et la petite avait toujours eu ce sentiment de vie « en décalé ». Son enfance avait peut-être un peu manqué d'enfants, mais elle avait eu l'avantage, en contrepartie, d'être élevée comme une petite princesse. À l'âge où ses copines chantaient Claude François, Delpech ou Le Forestier, on la berçait avec du jazz d'après-guerre, Montand, ou Sinatra. Sans oublier l'opéra et les chansons de pêcheurs en patois. Mais elle s'en fichait, elle adorait ses parents et avait grandi heureuse entre eux deux. Soudain, elle frissonna ; il était temps de revenir vers le présent. Cela pouvait s'avérer dangereux d'aller trop chatouiller sa mémoire. Il fallait qu'elle s'occupât. Elle approchait de son rêve : ouvrir cette petite librairie, galerie d'art, salon de thé. Pour l'instant, elle avait surtout envie d'enfiler de vieilles fringues, de frotter, de gratter, de poncer, de transformer. C'est en faisant la liste des travaux à venir qu'elle se remit en route. Il lui semblait déjà sentir l'odeur de la peinture.

Quelques jours plus tard, ils levaient l'ancre pour Cobh. Sur le port, on admira le bateau et on les accompagna sur la jetée. Les enfants faisaient de grands signes. Cloé était comme une gamine, les yeux écarquillés. On aurait pu croire qu'elle n'avait jamais vu la mer. Harold lui, semblait beaucoup plus grave. Il la regardait, lui souriait, mais son sourire restait triste. C'était le sourire d'un homme qui savait avoir perdu. Tout à son plaisir, elle ne semblait pas avoir conscience de son malaise. Elle jouait, chantait, s'émerveillait de tout. Les mouettes, les vagues, le ciel, les bancs de poissons. Son excitation atteignit son paroxysme quand ils croisèrent un groupe de dauphins qui se joignit à eux. Enfin, petit à petit, elle prit conscience du malaise de son compagnon. Ce dernier prit les mains de Cloé entre les siennes. La jeune femme s'efforçait de rester sérieuse. Il avait l'air tellement… solennel. Pourtant ce n'était pas le moment de rire, elle le sentait.

4ᵉ PARTIE

Cobh, septembre 1996

Ils accostèrent après deux jours de navigation. Le tableau était magnifique, écrin de velours au vert soutenu contrastant avec le bleu intense de la mer. Ce paysage ne fut pas sans rappeler les Marquises à Cloé. Harold lui raconta ses vacances d'enfant dans le domaine familial dont avait hérité son père. Un manoir qu'il possédait toujours dans la péninsule de Sheep's Haed. C'est là qu'il vivait avant d'arriver à Honfleur.

— Mais pourquoi m'emmener ici, maintenant ? Et puis, pourquoi tant de mystère ? Quelquefois, tu me fais un peu peur, tu sais !

Le premier soir, ils firent une halte dans l'appartement d'Harold, à Cobh. Ce dernier semblait épuisé et soucieux. Ils dînèrent simplement dans un pub de la ville. Le lendemain, ils se mirent en route pour le manoir. Ils s'arrêtèrent dans une épicerie dans un petit village pour faire quelques emplettes et Cloé ne put s'empêcher d'être impressionnée par l'accueil réservé à son compagnon. En effet, le propriétaire, très âgé, lui saisit la main et se courba devant lui. Harold, avec douceur, l'aida à se redresser. Au-dessus de la caisse, derrière, accroché sur le mur, un cadre avec une vieille photo : une jupe longue, corsage boutonné jusqu'au cou, lourd chignon auburn, regard franc et droit, c'était une femme, très belle, très digne avec un jeune garçon en culottes courtes se tenait à ses côtés, les cheveux gominés, la raie au milieu. Elle avait une main posée sur l'épaule de l'enfant. Harold serra Cloé contre lui :

— Ne ris pas, c'est ma mère sur la photo, avec moi. Tu sais, notre famille était très appréciée dans la région, ma mère très aimée. Cela ne te semble pas trop «cérémonieux», « vieux jeu » ; j'ai tellement peur que tu me trouves ridicule.

La jeune femme soudain fut rêveuse. En fait, et même si elle n'aurait pas voulu se l'avouer, elle était sous le charme. Elle se surprit à imaginer des soirées dans le manoir et le bruit de la mer, furieuse, qui battrait les rochers. Ils firent leurs emplettes, de quoi allumer un feu, une côte de bœuf superbe, une bouteille de vin rouge, du fromage et du pain. Ils arrivèrent quelques minutes plus tard. La bâtisse était extraordinaire, perchée en haut d'une falaise. Immense, des fenêtres démesurées, deux grandes cheminées. La façade, encadrée par deux tourelles, était en partie couverte de lierre. Le manoir trônait au centre d'un jardin à l'Anglaise.

— Ma mère reprochait aux Français la symétrie de leurs jardins. Elle voulait au contraire des formes irrégulières qui trancheraient avec la rigueur de la maison. Un jardin irlandais se doit d'être indomptable, aimait-elle à répéter. Tu verras, derrière, il y a un étang avec un ponton. J'ai failli m'y noyer à deux reprises quand j'étais gamin. Ma mère insistait pour le faire assécher. Dieu merci, elle ne l'a pas fait, c'est un de mes endroits préférés. Je suis sûr que tu l'adoreras.

Mais, ils auraient le temps de visiter le lendemain. En attendant, ils allaient se restaurer et surtout se reposer. Cloé, tout excitée, se proposa pour s'occuper du feu, mais Harold sourit.

— Nous sommes attendus, et je pense que James et Emily seraient très surpris de te voir faire le feu.

— Qui sont James et Emily ?

— Notre cuisinière et son mari. Ils travaillent pour nous depuis toujours, et m'ont connu en culottes courtes. Quand je ne suis pas là, ils veillent sur le manoir. Ils habitent une petite maison, la maison des gardiens. Tu verras, ils sont charmants.

Cloé fut sidérée : elle allait avoir des domestiques. Spontanément, cette idée lui déplut. Effectivement, quand ils arrivèrent, c'est Emily qui leur ouvrit la porte. Elle poussa un cri de joie en découvrant Harold. Cloé, quant à elle, se tenait derrière lui, intimidée. Harold attira Emily contre lui et l'embrassa. Il saisit la main de Cloé :

— Emily, je vous présente Cloé.

Emily se tourna vers elle et salua la jeune femme d'une discrète révérence. Écarlate, Cloé aurait aimé dire à la servante, laquelle lui rappelait étrangement Marie, de ne pas s'incliner ainsi devant elle. Elle n'était pas de celles devant qui on s'incline. Bientôt, c'est le vieux James qui apparut. Ce dernier avait une allure incroyable. Très grand, sec comme une trique, le visage émacié, les lèvres fines et surtout, les yeux vairons. Cette singularité ne faisait qu'augmenter le magnétisme de son regard. Cloé frissonna malgré elle quand il se pencha en avant pour lui présenter ses hommages, comme si elle avait craint qu'il ne se brisât en deux. Enfin, et pendant que James montait les bagages et qu'Emily s'activait pour préparer la grande chambre du premier étage, Harold fit visiter le manoir à sa jeune compagne. Cette dernière était ravie et ne pouvait retenir des « oh » et des « ah » d'émerveillement. La taille des cheminées, celle des lustres ; les vieux fauteuils de cuir, les tapis épais, les épaisses tables de bois foncé, tout l'enchantait. Elle s'arrêta devant une porte dans le fond d'un couloir :

— Et là ? C'est le passage vers les oubliettes ?

Mais Harold se rembrunit. Cette pièce était condamnée. Plus personne n'y allait depuis… depuis longtemps. Cloé sentit que la question avait gêné son compagnon et s'en excusa. Inconsciemment cependant, elle se tourna une dernière fois. Cela devait être la chambre du fantôme – après tout, je suis en Irlande. En Irlande Cloé, pas en Écosse, la reprit Harold, un peu irrité. Alors qu'elle sourit intérieurement, Harold ouvrit une porte. La jeune femme entra dans ce qui était probablement une des plus belles bibliothèques qui existaient. Elle regardait partout, étourdie par cette profusion.

— Ma mère collectionnait les livres. Vous vous seriez bien entendues. Tu auras tout le loisir de revenir ici ; pour l'instant, je suggère que l'on regagne le salon. Le feu doit déjà flamber dans la cheminée. Emily, quant à elle, doit être fin prête.

C'est bras dessus bras dessous qu'ils pénétrèrent dans la pièce et la jeune femme resta interdite face à la taille de l'âtre qui dégageait une chaleur brûlante. Devant la cheminée, un canapé de vieux cuir comme elle les aimait. Elle devinait qu'il ferait bon se réfugier dans ces fauteuils quand la tempête ferait rage au-dehors et que la pluie cinglerait les vitres. Elle imaginait d'autres scènes aussi, qu'elle préférait garder pour elle ; d'ailleurs, Emily entra dans la pièce, non sans avoir au préalable signalé sa présence en toussotant discrètement.

— Si cela ne vous dérange pas, nous souperons au salon. Je pense que notre Cloé sera heureuse de rester près de notre cheminée. Pouvez-vous nous apporter notre repas sur un plateau ?

La vieille servante revint quelques minutes plus tard. Cloé admira la fine porcelaine, apprécia la pureté du cristal des verres. Enfin, elle remercia Emily pour la rose que cette dernière était allée cueillir dans le jardin pour son arrivée.

— C'était la tradition avec Madame Églantine. Je suis heureuse de pouvoir de nouveau fleurir la maison.

Cloé fut flattée de cette attention.

— Emily, pensez-vous pouvoir m'appeler simplement « Cloé » ?

— J'essaierai Mademoiselle Cloé, si vous insistez.

Oubliés Honfleur, Le Cyrano et L'Embarcadère, ils dînèrent tous les deux, assis sur un grand tapis chaud et doux. Le feu leur chantait des histoires de fées et de sorcières, et le vent qui s'était levé, l'accompagnait de sa mélodie grave. Enfin, après le repas, alors qu'ils étaient encore confortablement installés, un digestif couleur or dans leur verre, Harold prit la parole. Mais sa Cloé n'avait pas envie de parler. Ils auraient le temps demain. Parler aurait risqué de rompre le charme de l'instant présent. Elle préférait regarder le feu, écouter le vent, reprendre de cette merveilleuse liqueur et se laisser bercer. D'ailleurs, elle était un peu «pompette» et aurait eu du mal à écouter quoi que ce fût de sérieux. Elle finit par s'endormir ainsi, lovée au creux de ses bras, le sourire aux lèvres. Harold appela Emily qui apporta sans un bruit un gros édredon de plumes et deux oreillers. Harold, quant à lui, ne se reposa pas beaucoup cette nuit-là. Il profitait de la douceur du moment, et surtout se préparait à parler de Jack à sa compagne.

Cette dernière se réveilla tôt à l'aurore. Le soleil ne s'était pas encore levé même si on devinait qu'il n'était plus très loin.

— Emmène-moi visiter le jardin, à la chapelle que j'ai aperçue là-bas. On a le droit ? Et aussi à ton étang, d'accord ? Je veux tout voir, tout savoir.

Harold tressaillit à cette remarque. Oui, elle allait tout savoir, assurément.

— Avant, nous allons déjeuner. Tu n'as pas faim ? Viens, nous n'allons pas réveiller Emily, c'est le moment de visiter la cuisine.

Ils en furent bientôt délogés par une Emily offusquée

— Qu'est-ce que vous faites dans ma cuisine ? Oh, Monsieur Harold, vous auriez dû sonner. Installez-vous, je vais vous servir. Laissez-moi vous préparer des œufs au bacon.

Les deux amants se firent poliment mais fermement raccompagner à la porte et pousser vers la salle à manger. Cloé étouffa un rire. Aurait-elle le droit de se relever la nuit pour boire un verre de lait, comme elle avait toujours eu l'habitude de le faire ? Oserait-elle braver les fantômes et Emily ?

Après un petit déjeuner copieux, le couple se décida à affronter le vent irlandais. Il soufflait depuis plusieurs heures, avait gémi toute la nuit, semblant vouloir s'imposer dans la demeure aux grandes fenêtres fermées. Emily avait d'ailleurs amené à la jeune femme un énorme pull ayant appartenu à Madame Églantine « Avec ça, vous aurez bien chaud. » À la demande de Cloé, ils se dirigèrent vers la chapelle. Celle-ci était ravissante, simple, d'inspiration romane, à l'évidence. Pas de fioritures, tout en sobriété, les vitraux commençaient à refléter les premières lueurs de l'aube. Harold ouvrit la lourde porte cadenassée réveillant un corbeau endormi près de là. Cloé entra doucement, presque religieusement dans cet endroit qu'elle aimait déjà follement. Harold la regardait intensément et Cloé sentait la tension l'envahir, exacerbée par les gémissements du vent.

— Que se passe-t-il Harold ? Tu verrais ta tête... tu me fais presque peur.

— Assieds-toi Cloé, le moment est venu de te parler. Cela fait longtemps que je redoute cet instant, que je recule, mais ce n'est plus possible.

Cette dernière s'installa sagement à ses côtés. Ils étaient seuls au monde, avec pour uniques voisins, les aïeux d'Harold, enterrés dans le petit cimetière familial. Au bout de la pointe, la falaise sur laquelle s'écrasaient les vagues d'une mer en furie. Le vent soufflait contre la lourde porte de chêne. Derrière eux, un peu plus loin, un phare guidait les marins, leur signalant les rochers dangereux. Les vitraux s'allumaient, Harold s'éclaircit la gorge.

Il y avait environ deux ans de cela, Harold lors d'une sortie en mer avait porté secours à un homme qui dérivait dans son canot de survie. L'homme était âgé et totalement désorienté. Bien sûr Harold l'avait ramené avec lui, à Cobh. L'homme qui semblait avoir oublié jusqu'à son identité était apparemment Français. On avait fini par l'appeler Jack.

Immédiatement, la gorge de Cloé se serra.

Jack était descendu dans une petite pension familiale, tenue par une cousine d'Harold. Pour gagner un peu d'argent, il aidait sur le port, au jour le jour. Harold et lui avaient fini par sympathiser. Ils étaient sortis en mer ensemble à plusieurs reprises, Jack semblant vraiment à l'aise sur un bateau. D'ailleurs, il avait la démarche un peu chaloupée des marins. Au bout de quelques jours, Harold lui avait donc proposé une chambre chez lui. La maison était grande et on pouvait y vivre à deux sans même se rencontrer ! Jack avait accepté tout de suite.

— Harold, tu n'essayes pas de me dire…

Mais, sa santé avait commencé à décliner. Un ami d'enfance d'Harold, médecin du village, était venu l'examiner. Jack toussait beaucoup, d'une mauvaise toux. Il lui avait fait passer une radio, un cancer des poumons était en train de l'emporter. Et puis Jack était régulièrement en proie à de vraies crises d'hallucinations ; surtout la nuit, comme celle où il était rentré dans la chambre de son hôte comme un fou. Les yeux révulsés, il tremblait de tout son corps. Ses mains s'étaient agrippées à son bras, à lui faire mal. Il criait, hurlait, disait LE voir, semblait terrorisé. Était-il venu pour se venger, pour le chercher ? Pour que le malheureux Jack se calme, Harold avait même proposé qu'il dormît près de lui après lui avoir donné un somnifère. Parfois, il lisait ; toujours le même livre, *Cyrano de Bergerac*.

À ces mots, la jeune femme se mit à pleurer doucement. Ce n'était pas possible ! Elle refusait de comprendre, suppliait Harold de lui dire que ce n'était pas ce qu'elle croyait. Mais il continuait d'un ton monocorde, tel un automate. Plus rien ne pouvait plus l'arrêter désormais.

Un soir, Jack était monté se coucher après avoir bu un dernier verre. Harold, quant à lui, était resté dans le salon, à lire le journal, près du feu. Soudain, un bruit de meuble que l'on renverse, une porte qui claque. Arrivé dans la chambre, Harold n'avait rien pu faire. La chute du troisième étage avait malheureusement été fatale.

— Mais… c'était mon père ? Tu es en train de me dire que Jack était mon père et qu'il est mort chez toi ?

— Cloé…

— Où est-il ?

— Je vais t'y conduire.

Elle tremblait de tout son corps. Ses yeux, ouverts démesurément, fixaient Harold sans le voir. Elle tentait désespérément de garder son calme, de ne pas céder à la panique, se mordait les poings comme pour arrêter le hurlement qu'elle sentait bloqué dans sa gorge. Alors, elle exigea qu'il la conduisît sur la tombe de son père. Maintenant. Tout de suite. Tant pis pour le vent, la pluie. Il l'emmena donc dans le petit cimetière. Ainsi, il était là, tout près d'elle ; elle l'avait retrouvé. Au bout d'une allée et au pied d'une haie fleurie, une simple pierre. Pas de croix. Un prénom : Jack, une date, dix août 1994. Cloé tomba dans l'herbe plutôt qu'elle s'assit. Elle pouvait distinguer le bruit des vagues et se surprit à penser que cela aurait certainement plu à Jean. La jeune femme demanda à Harold de la laisser seule. Doucement, ce dernier l'embrassa sur le front ; il l'attendrait à la sortie du cimetière, qu'elle prenne son temps. Elle resta là de longues minutes. Hébétée, elle s'adressait à la sépulture, la caressait, l'interpellait, s'interrogeait aussi. Que faisait-elle le dix août 1994 ? Que ferait-elle quand elle rentrerait à Honfleur ? Parler ? Se taire ? Suivre Harold ? Lui pardonnerait-elle tous ces mensonges ? En serait-elle capable ? Il lui semblait que son univers entier était en train de s'écrouler.

Enfin, elle se leva. Il fallait qu'elle comprenne. Elle avait peur du lendemain, des décisions qu'elle allait devoir prendre. Seule. Elle le retrouva à la sortie du cimetière, assis là, sur une pierre.

— Tu veux bien m'expliquer ?

— Bien sûr, Cloé, je te dois bien ça.

— Pourquoi ne m'as-tu rien dit ?

Harold avait débarqué à Honfleur dans ce but, avec la ferme intention de chercher la famille éventuelle de Jack, ou plutôt de Jean. Et puis, il avait rencontré Cloé, si fragile, si jolie. Au début, il n'avait pas osé. Il fallait reconnaître que tout ceci n'était pas simple. À force d'attendre, il avait fini par perdre pied et surtout, il n'avait pas envie de la perdre, elle.

Mais soudain cette dernière le regarda étrangement :

— Mais comment as-tu su qui j'étais, pour Honfleur ? Tu m'as dit que mon père avait perdu la mémoire…

Le moment fatidique, celui qu'il redoutait depuis si longtemps, était enfin venu.

— Quand Jack est mort, je suis allé récupérer ses quelques affaires, dans sa chambre. Oh, il n'avait pas grand-chose, tout juste deux trois chemises, deux pantalons, une casquette, *Cyrano de Bergerac*, une photo de toi posée sur sa table de nuit, une pipe, et… un vieux carnet usé. Je l'avais entendu parler de ce carnet, à plusieurs reprises. Je l'ai trouvé sous son matelas, comme s'il voulait le cacher.

— Un carnet ?

— Oui Cloé, je t'en prie, laisse-moi continuer. C'est tellement difficile.

— Quel est ce carnet ? Mais comment as-tu pu ?

C'était bien parce qu'il l'avait lu qu'il avait réussi à la retrouver ; c'est pour la retrouver qu'il l'avait lu. Il devait savoir d'où Jack venait, qui il était vraiment. Mais Cloé ne comprenait pas. Pourquoi alors attendre si longtemps ? Harold aurait voulu lui dire que c'était la peur de la perdre qui l'avait poussé à se taire. Et le choix aussi de respecter le désir de Jack. Que devait-il faire ? Se débarrasser du Carnet et laisser Jean emporter ses secrets, son secret ; le remettre à Marie, son épouse ; à Pierrick, son ami, à Cloé ? Devait-il parler de la tombe de Jack ? Toutes ces semaines de silence avaient été pour lui autant de semaines de torture. Et puis, enfin, il était tombé amoureux de Cloé. Pouvait-il continuer de lui mentir ? Ne risquait-il pas de la perdre en lui disant la vérité ?

— Tu vas apprendre beaucoup de choses en lisant ce carnet. Après cela, il te faudra prendre une décision et malheureusement, tu la prendras seule. J'aurais aimé t'épargner cela, mais je ne peux pas. Mais pour l'instant, rentrons. Tu as besoin de te reposer. Le carnet n'est pas au manoir.

— Tu l'as inhumé auprès des tiens ? Cela me touche, sache-le.

Le retour fut difficile. Cloé, les yeux embués de larmes, le cœur en charpie, gagnée par la panique, tremblait tellement qu'Harold fut obligé de la soutenir.

— Tu m'as trahie Harold. Comment as-tu pu ?

— Non, Cloé, je ne suis pas d'accord. Ces derniers mois passés sont réels. J'ai voulu te protéger, et respecter Jack. Il avait confiance en moi.

— Emmène-moi à Cobh, à la pension de ta cousine.

— Je t'y conduirai, je te le promets, dès demain si tu le désires.

Quand ils arrivèrent au manoir, la vieille domestique les attendait sur le perron.

— Vous avez connu Jack, Emily ? C'était mon père. Moi, je pleurais sa mort alors qu'il vivait chez vous, avec vous…

— Cloé, je t'en prie. Ne mêle pas Emily à tout cela.

— Mademoiselle Cloé, Monsieur Jack était très gentil. Je suis désolée mais vous savez, nous avons tout fait pour lui. Quant à moi, je fleuris sa tombe toutes les semaines, quand je vais voir Madame Églantine. Je m'occupe de lui, toujours.

Cloé se remit à pleurer.

— N'en veuillez pas à Monsieur Harold. C'était difficile pour lui. Tenez, prenez…

Emily lui tendit un mouchoir. Cloé l'accepta et se moucha bruyamment. La servante s'éloigna doucement pour faire réchauffer le café et préparer quelques tartines. Cloé, quant à elle, n'en finissait pas de pleurer et chacune de ses plaintes était un coup de poignard pour Harold.

Un peu plus tard, il se leva.

— J'ai demandé à James d'appeler le notaire. Il arrive avec le carnet.

Emily apparut bientôt à l'encoignure de la porte et toussota discrètement pour signaler sa présence. Elle était suivie d'un vieillard, minuscule, bedonnant, des petites lunettes rectangulaires, la barbiche en pointe. Harold le fit entrer. Après les salutations d'usage, les démarches légales, le notaire posa sur un guéridon sa serviette de cuir et en sortit un vieux carnet de moleskine.

— Cloé, nous allons te laisser.

— Harold, s'il te plaît. Je ne crois pas pouvoir faire cela seule.

— Je reste près de toi. Laisse-moi juste le temps de raccompagner maître O'Neill.

Soudain, elle ne fut plus si certaine de vouloir voir ce carnet. Fallait-il l'ouvrir, ou n'aurait-il pas été plus sage de s'en débarrasser très vite, le jeter le plus loin possible du haut d'une falaise, l'offrir au vent irlandais, ou au feu purificateur ? Elle songeait à la peur de Marie, à la colère de Pierrick, à la gêne de Charlotte. Qu'allait-elle découvrir ? Ne s'apprêtait-elle pas à trahir Jean ? Elle repensa aussi aux paroles pour le moins énigmatiques d'Harold. Une décision ? Serait-elle encore capable d'en prendre une quand elle l'aurait lu ?

Pourtant, il ne payait pas de mine ce vieux carnet usé aux feuilles cornées et jaunies. À spirales, recouvert de toile cirée, il attendait. Le regard que lui lança Cloé était plein de défiance, comme si elle craignait qu'il ne lui sautât au visage. On devinait qu'il avait vécu ; semblait déborder de souvenirs, de cris muets, d'accusations peut-être. Serait-il amical ou au contraire hostile ? Elle l'observait du coin de l'œil. Les deux se toisaient, s'épiaient l'un l'autre. Elle, sur ses gardes, lui, posé sur la table, telle une bête faussement endormie. Cloé hésitait, l'interrogeait silencieusement, comme pour l'amadouer ? Enfin, au bout de quelques minutes, elle le prit entre ses mains, timidement, comme si elle avait eu peur qu'il ne lui brûlât les doigts. Puis elle le porta à son nez, le renifla, cherchant l'odeur réconfortante de Jean. Enfin, elle s'intéressa à la couverture de plastique noir. Bien que fort banal, il lui semblait hostile. Bref, elle savait déjà qu'elle ne sortirait pas indemne de cette plongée dans la mémoire de son père.

Dans un premier temps, elle entreprit de le feuilleter, comme ça, « l'air de rien ». Il y avait plus de deux cents pages auxquelles s'ajoutaient quelques feuilles volantes. Son cœur se serra à la vue de l'écriture de Jean. Elle ne l'aurait pas imaginé une seconde tenir un « journal intime ». Voilà un aspect de sa personnalité qu'elle ignorait. Enfin, elle prit une profonde inspiration, et posément, l'ouvrit sur ses genoux. Harold la contemplait et retrouvait ce petit air buté qu'il aimait tant. Leur histoire résisterait-elle à cette tempête ?

Au début, il s'agissait plutôt d'un journal de bord dans lequel Jean indiquait ses sorties, les horaires des marées, le produit de la pêche, les travaux à effectuer. Il parlait aussi de Cloé et de Marie, de Pierrick et de Charlotte ; de Denis également. Quelques vieilles photos d'Honfleur, de la famille. À part cela rien de bien passionnant. Et puis, au fil des lignes, l'écriture changeait. Des articles de presse, des dessins aussi, c'est vrai que Jean avait un bon coup de crayon. Mais ses dessins étaient tourmentés, souvent sombres, esquisses à la mine de plomb.

Harold lui prit doucement le carnet des mains.

— Tu devrais lire ce passage, là, page soixante-douze. Alors tu sauras tout. Mais avant, embrasse-moi Cloé.

Mais elle n'avait pas la tête à ça. Elle allait comprendre. Enfin. Plus que jamais, la petite fille qui dormait en elle la poussait à lire même si ses doigts tremblaient quand elle trouva le passage en question. Un extrait de presse, de l'*Ouest France* du 11 novembre 1965 :

« *Un accident au large de Honfleur, hier soir. Un marin, originaire du Pays de Caux, porté disparu. C'est à vingt-trois heures que L'Aiguille a lancé un signal de détresse. Les deux sauveteurs qui lui ont porté secours déplorent n'avoir rien pu faire. "La houle était mauvaise, il est tombé à l'eau. Nous n'avons pas pu le ramener. Il y avait beaucoup de courant ce soir-là." »*

Sur la photo, on voyait L'Aiguille en arrière-plan et Pierrick et Jean, côte à côte. On les reconnaissait bien. Pierrick, son arrogance… Elle se fit la remarque que Jean semblait beaucoup plus abattu que son compère. Elle repensa alors à sa discussion avec Charlotte. Oui, c'était bien ce que son amie lui avait raconté. Elle savait cela. Mais ses yeux se portèrent sur la ligne suivante. Son père avait repris sa plume.

Cela ne s'est pas passé comme ça. Oh non ! Il n'est pas tombé à l'eau.

Il faut que je raconte cette nuit, que je l'écrive, pour enfin m'en libérer. Je ne dors plus depuis si longtemps. À vingt-trois heures, un appel a bien été lancé. Pierrick et moi étions de garde. En fait, nous remplacions Daumar et le Ptit Marcel. Charlotte, qui passait la soirée avec la femme de Daumar, l'avait fait appeler. Sa femme était sur le point d'accoucher et elle ne se sentait pas bien. Pierrick a immédiatement proposé qu'on les remplace. On travaillait toujours tous les deux, on a donc libéré aussi Ptit Marcel. C'était L'Aiguille. Denis était sorti, malgré la houle, et comme à son habitude, tout seul. On avait beau lui dire que ce n'était pas prudent la nuit…

Enfin, bref. Nous voilà partis Pierrick et moi. J'ai tout de suite remarqué le sourire de Pierrick. Il détestait Denis depuis que ce dernier avait osé lever la main sur Charlotte. En fait, il avait toujours éprouvé une haine farouche à son égard. Son regard était dur.

Un instant, je me suis dit que le Denis allait passer un sale quart d'heure, lui qui faisait tout pour nous éviter depuis que Pierrick l'avait dérouillé dans La Venelle aux chats. Le vent montait et la mer était franchement mauvaise. Le moteur de L'Aiguille semblait en panne, et le bateau prenait l'eau. Quand Denis a vu le visage de Pierrick, il a eu un mouvement de recul. Mais il ne pouvait rien faire.

Pierrick a lancé une corde à Denis puis a enjambé le bastingage.

Et alors…

Des larmes avaient coulé. Celles de Jean ; à moins que cela ne fût les siennes, car elle devinait déjà ce qu'elle allait lire. Il était trop tard, elle ne pouvait plus reculer. Elle aurait voulu jeter ce carnet dans le feu, et pourtant elle ne pouvait s'en défaire. Elle était désormais obligée de poursuivre jusqu'au bout, c'était ainsi. L'écriture de Jean s'était faite tremblante.

Alors, je l'ai vu attraper Denis à bras le corps pour le précipiter par-dessus bord. Le pauvre a hurlé en tombant. Il était de mon côté, j'aurais pu le sauver, je ne l'ai pas fait. J'étais comme hypnotisé par la scène, comme fasciné par la colère de Pierrick ; Pierrick, mon ami, que je ne reconnaissais pas. Il était pâle, livide, ses lèvres serrées dessinèrent un sourire qui me glaça le sang et qui continue de me poursuivre.

Il ne s'est pas noyé tout de suite, oh non, il a essayé de résister, il s'accrochait à la coque. Oh ses mains ! Je les vois toutes les nuits. Elles tentent de m'agripper dans mon sommeil, de m'entraîner avec elles. Elles me hantent. Ces mains… Elles me tueront, j'en suis sûr.

Pierrick a braqué le projecteur sur lui. Cela ne lui suffisait pas de le tuer, il voulait le voir mourir. J'ai vu son visage au moment où il s'enfonçait. Ses yeux étaient immenses, sa bouche démesurée. Il m'a appelé, il attendait de moi un geste. Je n'ai rien fait. Toutes les nuits, j'entends son hurlement, puis le bruit affreux de l'eau qui remplit sa bouche et qui l'étouffe. Ses yeux me suivent, et me poursuivent, ils hantent mes cauchemars. Ils sont là, hideux, accusateurs. Sa voix m'accuse, continue de crier mon nom et la mer elle-même me traite d'assassin. Quand il a disparu, Pierrick s'est retourné vers moi, avec un sourire. Oh ce sourire ! Lui aussi m'obsède.

« Belle tempête, nous n'avons rien pu faire », a été son unique commentaire.

Puis nous sommes rentrés chez Charlotte, lui dire que nous n'avions pas pu sauver son mari.

Plusieurs jours plus tard, un corps a été retrouvé sur la plage à Pennedepie. Mais il n'a pas pu être identifié formellement.

Voilà, j'ai laissé mourir un homme. Je suis aussi coupable que Pierrick. Je me fais horreur.

Cloé jeta plutôt qu'elle ne laissa tomber le carnet. Elle étouffait, aurait voulu vomir. Elle hurla. Il lui semblait qu'elle ne pourrait plus s'arrêter. Elle criait toutes ces années de mensonge, le père et le parrain criminels, le complot, le silence.

Harold la prit dans ses bras, la serra de toutes ses forces mais elle le repoussa, hystérique, le frappa à coups de poing. Malgré tout, il la maintint contre lui, avec force, semblait vouloir contenir la crise qui s'annonçait. Ils restèrent là, assis par terre de longues minutes, le temps que Cloé reprît ses esprits. Enfin, Harold prit la parole de sa voix chaude et apaisante :

— Que devais-je faire Cloé ? J'ai tout essayé pour t'aider, toujours. J'aurais tellement aimé t'épargner cela.

— Mon père était un meurtrier ?

— Non. La vie a fait qu'il l'est devenu ; même si Pierrick est apparemment le véritable instigateur de ce crime. D'ailleurs, ce dernier n'a semble-t-il jamais éprouvé un seul remords. Sa haine de Denis l'avait envahi, à moins que ce ne soit son amour pour Charlotte. Pierrick est un homme qui ne connaît pas la demi-mesure, j'en sais quelque chose. Il a probablement voulu protéger Charlotte, la sauver aussi. Ton père quant à lui a été rongé par la culpabilité, à en devenir fou. Je pense qu'il a fui pour te préserver. Pour que tu ne saches pas, que jamais tu ne voies un criminel en lui.

— Crois-tu que Marie est au courant ?

Harold l'embrassa doucement sur les cheveux. Il aurait tellement aimé lui éviter toute cette douleur. Mais maintenant Cloé allait devoir poursuivre. Comme le domino qui en pousse un autre en tombant, elle irait de découverte en découverte, toutes plus douloureuses les unes que les autres. Tout s'enchaînerait inéluctablement, inexorablement. En fait, rien ne disait vraiment dans ce carnet qu'elle était au courant. Et puis au courant, ne signifiait pas « complice », enfin pas directement.

— Et Charlotte ?

— Je ne pense pas. Il semblerait que comme toi, elle ait été préservée.

Un instant Cloé repensa à leur discussion au Local, à son refus de refaire sa vie avec Pierrick, au cas où… Pauvre Charlotte ! Si elle se doutait que son vieux compagnon de route était aussi l'assassin de son mari. Déjà qu'ils seraient surpris d'apprendre que Jean était enterré en Irlande. Harold qui semblait lire dans les pensées de la jeune femme lui demanda :

— Sais-tu ce que tu comptes faire Cloé ?

Cloé ne savait pas, elle songea à Charlotte, la Douce et Tendre Charlotte, à son cœur fatigué. Elle n'y survivrait pas, c'était certain. Mais, le doute s'insinua pour l'envahir tout à fait. Et si…

— Et si Charlotte était l'instigatrice de tout ça ?

— C'est aussi une possibilité ma Cloé. C'est elle qui a fait appeler le fameux Daumar. Elle savait que Denis prenait la mer. Il se peut qu'elle ait organisé cela avec Pierrick. D'autant que la femme n'a pas accouché ce soir-là, mais trois semaines plus tard.

Elle revit alors Charlotte, sa colère froide ; une Charlotte dure et sévère, impitoyable, qui n'avait pas hésité à humilier son compagnon en public. Brusquement, il lui apparut que tout le monde était au courant, tout le monde sauf elle. Sa mère, Charlotte, ses amis les pêcheurs partenaires de belote et de pétanque, le Bassin, Honfleur et ses ruelles pavées. Cette idée qu'une ville entière avait pu se liguer contre un seul homme, aussi détestable fût-il, lui était insupportable. Et Jean, qu'elle admirait tant… et qui avait assisté à la noyade de Denis, lui qui se faisait une fierté de n'avoir tué personne à la guerre, n'avait rien fait, rien tenté ce jour-là. Elle imagina le regard d'acier de

Pierrick, ce rictus qu'elle lui connaissait si bien. Elle continua de parcourir le carnet. De plus en plus, les dessins envahissaient les pages. Visages hurlants, bouches démesurément ouvertes sur des cris muets, yeux hagards, bras immenses, mains désespérées. Les ciels étaient bas et menaçants, les couleurs sombres, la mer, noire.

— Je voudrais aller me reposer.

La pauvre était livide, épuisée. Harold sentit son cœur se serrer quand elle essaya de lui sourire tristement. Il la prit dans ses bras et la porta jusqu'à leur chambre, l'allongea et la recouvrit d'une chaude couverture. Elle paraissait si fragile, tremblante, pauvre petit moineau déplumé. Il alluma une belle flambée dans l'immense cheminée. Le feu craquait et inonda bientôt la pièce d'une chaleur bienfaisante. Cela sentait bon le bois et la braise ronronnait dans l'âtre. Cloé se replia sur elle-même, ses genoux dans ses bras. Elle disparut presque entièrement sous les couvertures. Harold ferma la lourde tenture.

Ils restèrent plusieurs jours à Cobh. Harold l'emmena partout où Jack était allé, lui présenta tous ceux qui l'avaient côtoyé. Elle se sentait curieusement très proche de tous ces gens qui l'avaient accueilli. En les rencontrant, elle rencontrait Jack et accompagnait son père dans ses derniers moments ; et cela adoucissait sa peine. Tous les jours, elle montait à la chapelle. C'est là qu'elle se réfugiait pour lire le carnet. Tout était inscrit, couché sur le papier. Bien sûr, Jean n'avait pas perdu la mémoire. Il avait fui. Avait-il pensé pouvoir fuir ses cauchemars ? Sa conscience ? Elle découvrait la spirale de la dépression, de l'alcool aussi. Les crises d'hallucinations, la folie qui s'installe doucement. Comment avait-elle pu ne rien voir, ne rien deviner ? Elle imagina la solitude de son père, son désespoir. Et puis la maladie qui le rongeait inexorablement pour bientôt l'emporter. Bref, quand Jean avait senti sa fin approcher, il avait décidé de disparaître. Petit à petit, la fille découvrait et comprenait les dernières années de son père. Ses silences, ses colères, son refus de partager L'Embarcadère avec Pierrick, et puis cette toux qui l'angoissait, elle, depuis quelque temps.

La lecture était fastidieuse, l'écriture n'était pas toujours claire. Une photo : Cloé bébé. Ainsi, il n'était pas parti sans elle. Cela lui fit chaud au cœur. Il ne l'avait pas abandonnée. Une autre la rassura totalement. Ils étaient tous les deux ; c'est Pierrick qui avait pris ce cliché, au bout de la jetée. Elle avait seize ans et on voyait la complicité qui les unissait. Derrière, il avait écrit « ma Cloé ». Ces deux simples mots finirent de la bouleverser : elle avait fait partie de ce dernier voyage. Il ne l'avait donc pas oubliée.

Cloé comprit qu'il lui faudrait rapidement prendre une décision, deux même. Que faire du carnet ? Que faire de la dépouille de Jean ? Harold ne pouvait s'empêcher de penser : et que faire de moi ?

— Que vas-tu faire de tout ça Cloé ? Et que feras-tu de nous ?

Mais la jeune femme n'en était pas là. Elle aurait aimé pouvoir dire à Harold qu'elle comprenait, qu'elle ne lui en voulait pas. Bien sûr, elle lui était reconnaissante d'avoir accueilli Jean, mais pourrait-elle maintenant vivre dans cette maison ? Elle frissonna en repensant à la porte condamnée, à sa blague de mauvais goût sur les fantômes. Oui, elle aurait besoin de temps, assurément.

Brûle ce carnet Cloé. Ne laisse pas cette histoire tragique détruire ta vie comme elle a fini par engloutir ton père lui murmurait une voix intérieure. Réduis-le au silence. Jean a voulu te protéger pour que tu puisses vivre pleinement. Mais une autre voix, plus impérieuse peut-être s'étonnait, s'offusquait même : comment ? Pierrick et Charlotte s'en tireraient à si bon compte ? Ils étaient tout de même à l'origine de ce drame épouvantable. Et Marie, tu as pensé à Marie ? Que lui diras-tu ? Tu as encore la possibilité d'arrêter les choses. Réfléchis bien Cloé.

Impuissant, Harold assistait à ce véritable combat intérieur. Cloé héroïne tragique, cornélienne, qui se tordait les doigts, se mordait les lèvres. Elle en perdait le sommeil. Une nuit, il la retrouva sur le banc, près de l'étang. Elle semblait interroger la voûte étoilée. Jean et elle avaient leur étoile, et elle avait encore l'impression d'être près de lui et de lui parler quand elle la regardait. Que lui conseillait-il ?

C'est un appel téléphonique qui allait accélérer le cours des événements. Il était deux heures trente. Harold avait été réveillé par un bruit discret. On frappait à la porte de leur chambre.

C'était Emily. Madame Aiata avait téléphoné, il devait la rappeler. Ce dernier se précipita dans le salon pendant que Cloé émergeait à son tour. Elle le rejoignit bientôt. James, en train d'allumer ne flambée, la salua ; elle resserra contre elle le col de son peignoir. S'approchant d'Harold, elle prit son bras doucement. Que se passait-il ? Elle n'aimait pas ces appels nocturnes. Bien sûr, avec le décalage horaire, ils ne pouvaient faire autrement, mais tout de même, c'était toujours angoissant…. Harold allait devoir retourner à Tahiti prochainement. Le temps de tout préparer. Voulait-elle l'accompagner ? Préférait-elle rester à Cobh, avec James et Emily ? Non, elle rentrerait à Honfleur. Elle avait à faire là-bas.

Dès le lendemain, le Kaoha Nui reprenait la mer. Cloé réflé-chissait intensément. Quand ils arrivèrent, Cloé demanda à rester. Pas question pour elle de retourner sur Le Cyrano. Il lui semblait qu'elle y apercevrait les bras de Denis s'accrocher désespérément à sa coque.

— Je ne mettrai plus les pieds sur ce bateau !

— Cloé, ne sois pas trop sévère. Pierrick a toujours aimé Charlotte. Je pense qu'il a dû vouloir la sauver. Je n'apprécie pas Pierrick, tu le sais, mais je pense que tu ne devrais pas te mêler de cela. C'est leur histoire. Ne remue pas la vase ; rien de bon ne sortira de cela.

Trois jours plus tard, le moment était venu pour Harold de repartir.

— Cloé, je dois m'en aller. Accompagne-moi. De toute façon, tu refuses de voir Pierrick et Charlotte. Tu as besoin de faire le point, de souffler aussi… Et puis, nous pourrions retourner aux Marquises. Qu'en dis-tu ?

En fait, Harold avait peur de ne plus avoir sa place près d'elle s'ils se séparaient maintenant, et il ne pouvait se résoudre à la laisser ainsi. Et puis, ils étaient bien tous les deux, elle ne pouvait pas le nier. Mais la jeune femme refusa. Sur le quai, il croisa Charlotte.

— Tout va bien Harold ? Nous ne vous avons pas vus depuis votre retour. Cloé est malade ? Elle n'est pas même pas venue nous saluer ! Je peux faire quelque chose ?

Non, il ne valait mieux pas. Cloé avait besoin de se reposer. Lui devait repartir pour Tahiti pour un temps indéterminé, la jeune femme, quant à elle, resterait sur le Kaoha Nui, plus confortable.

Quelques jours plus tard...

Il était midi quand Cloé sortit enfin de la cabine. Comme toujours à cette heure de la journée, L'Embarcadère était plein. Les Ricard s'enchaînaient et on entamait les pronostics pour le tiercé. On comparait les chevaux, évoquait les gains ; les esprits s'échauffaient, on rigolait fort. Pierrick, aidé de Charlotte, servait ses clients. Personne ne remarqua d'abord la jeune femme qui entra et s'assit calmement au bar. Quand Pierrick se rendit compte de sa présence, il eut un mouvement vers elle.

— Ah quand même, tu te décides enfin...

Mais les mots s'arrêtèrent dans sa gorge. Il ne l'avait jamais vue ainsi distante, froide. Elle commanda un café d'un ton glacial. Personne n'aurait pu imaginer qu'elle était la filleule du vieil homme. Alors que Charlotte lui apportait sa tasse, un sourire aux lèvres, Cloé sortit de son sac le carnet couvert de toile cirée.

— Vous saviez que Papa tenait un journal intime ? Je viens de le trouver. C'est passionnant ce que l'on trouve dedans.

Le sourire s'effaça aussitôt. Elle blêmit. Ostensiblement, Cloé se plongea dans sa lecture. Un seul regard vers la vieille femme lui avait suffi pour comprendre. Bien sûr que cette dernière était au courant, de mèche avec les autres. Elle aussi l'avait trompée, la douce Charlotte, Charlotte la tendre… Charlotte la Fausse.

Pierrick s'approcha à son tour.

— Te voilà revenue. Qu'est-ce que c'est ? demanda-t-il en apercevant le carnet.

— C'était à Papa. Son journal intime. Tu savais qu'il en avait un ?

Non, il ne savait pas. Son visage se durcit ; c'était certainement ce visage-là que Denis avait vu avant de mourir ; regard métallique, mâchoire crispée, veines des tempes saillantes. Et le rictus… Son corps se raidit, ses poings se serrèrent. Il allait… Il ne put s'empêcher de mettre un coup sur le comptoir. Tout le monde sursauta et se tourna vers lui en silence. Les habitués comprirent que quelque chose de grave était en train de se produire. Certains, les plus prudents, choisirent de quitter le bar. Pourtant Cloé ne laissait rien paraître de son trouble. Au contraire, elle soutenait le regard de son parrain, droite et raide sur sa chaise, refusant d'avoir peur. Elle pensait à Jean de toutes ses forces, à la tombe dans le petit cimetière familial, près de la chapelle. Soudain, il lui apparut évident qu'elle laisserait Jean dans cette dernière terre qu'il s'était choisie. Elle comprenait qu'elle-même ne pourrait désormais plus vivre à Honfleur. Alors elle se leva doucement et sortit sans boire son café, sans une parole ni un regard pour les deux complices. Pierrick fit un mouvement pour la suivre, mais Charlotte le retint par le bras.

Soudain, c'est tout Honfleur qui parut odieux à la jeune femme. Les petites fenêtres des maisons qu'elle avait tant aimées se transformaient en autant de meurtrières. Le cliquetis métallique des câbles des mâts ne chantait plus pour elle, mais l'agressait, lui évoquait des bruits de lames qui s'entrechoquaient. Le bassin, autrefois rassurant comme un ventre de mère, lui semblait aujourd'hui un piège qui se resserrait sur elle pour l'étouffer. Elle comprit pourquoi son père avait eu besoin de fuir cet univers glauque et sans pitié. Non, elle ne le ferait pas revenir. Il était mieux là-bas, dans son petit cimetière de Durrus. Elle le confiait aux bons soins de la fidèle Emily. Elle ne parlerait à personne de cette fugue et du saut final dans la nuit irlandaise. Ce serait son secret, leur dernier secret à tous les deux. Et puis, elle ne supportait pas l'idée que Pierrick pût se recueillir sur sa tombe. Plus que le meurtre de Denis, elle ne pourrait jamais lui pardonner cette torture mentale imposée à son père.

Quant à Charlotte… Sans vraiment comprendre pourquoi, elle lui en voulait encore plus. Peut-être parce qu'elle avait eu besoin de croire en elle. Elle ne parlerait ni de la sépulture ni du carnet à Marie. Pour la préserver certainement, mais pour se protéger aussi. En effet, elle ne pouvait supporter l'idée que Marie eût pu faire partie de ce complot odieux. Elle alla donc lui rendre visite, lui expliqua le départ précipité d'Harold pour Tahiti, sa décision de se débarrasser du Cyrano. Marie vit là comme un heureux présage ; ainsi sa fille aurait accepté l'offre d'Harold… mais Cloé n'en dirait pas plus. Si, elle s'apprêtait à revendre Le Local. En sortant de la maison de retraite, après avoir salué madame Deleu, Cloé se dit qu'elle n'avait plus rien à faire à Honfleur. Elle pensa à Rose.

Il n'y avait plus que Rose ; Rose qui ne l'avait jamais déçue, sur laquelle elle pouvait compter. Ce fut donc chez son amie qu'elle trouva refuge le jour même. Elle était la seule à qui elle put parler. Peut-être parce que cette dernière ne lui avait jamais menti. Le temps de la prévenir, et ce fut sans un regard pour L'Embarcadère que la jeune femme quitta le bassin.

— Rejoins Harold. Il t'attend. Ils t'attendent tous.

Mais une nouvelle question la torturait depuis quelque temps : en se taisant, ne devenait-elle pas, elle aussi, complice ? Ne couvrait-elle pas Pierrick et son crime ? Cette idée lui était intolérable. À qui en parler ? Qui pourrait l'aider ? Elle avait tellement peur que les mains de Denis ne viennent hanter ses nuits.

— Cloé, je vais te parler franchement. Je pense que Pierrick ne mérite pas ta colère. Denis est mort, mais c'était un salaud. Pierrick l'a tué, mais il aime Charlotte et ne supportait pas que sa brute de mari la tabasse. On ne t'en a pas parlé parce que cela ne te regardait pas. J'aurais fait exactement pareil. Quant au geste de Pierrick, je ne me permettrais certainement pas de le juger. Devait-il laisser Charlotte risquer sa vie avec cette crapule ? Il faut absolument que tu retrouves ton sang-froid et que tu réfléchisses. Posément.

Quelques semaines plus tard, Cloé vendit Le Local à un Américain. Le nouveau propriétaire, un homme assez répugnant, un bronzage qui ne devait rien au soleil, une gourmette plaquée or, des doigts boudinés et gras, avait tout pour déplaire au patron de L'Embarcadère. Cloé aimait cette idée. C'était comme une vengeance. L'ultime vengeance.

Un matin, les habitués du bassin assistèrent, interdits, à un spectacle déroutant : le départ du Cyrano. Cloé n'avait pas voulu le mettre en vente. Il finirait donc dans un cimetière de bateaux. À la même époque, la jeune femme était retournée à Honfleur pour régler des détails administratifs, Charlotte qui l'avait vue arriver, l'avait abordée.

— Je voudrais que l'on parle toutes les deux.

— J'ai voulu parler, j'ai tout essayé pour cela. Vous m'avez repoussée, exclue. Il est trop tard.

— Ne nous juge pas Cloé. Tu ne peux pas imaginer ce que j'ai dû subir. Mon corps se souvient encore de chacun de ses coups. Notre fils est mort par sa faute. Tu ne penses pas que je méritais que l'on vienne à mon secours ? Pierrick a voulu me sauver. Tu ne peux quand même pas le lui reprocher !

— Mais il y avait peut-être, sûrement d'autres solutions ?

— Non, il n'y en avait pas, et tu le sais bien. Aujourd'hui, j'aurais pu partir, il existe des structures d'accueil pour celles qui subissent les violences de leur conjoint. Mais ce n'était pas le cas à cette époque.

— Il aurait…

— Qu'aurait-il pu faire ? Tu vois cela avec ton regard de jeune femme moderne. Tu n'as pas le droit de juger, c'est trop facile. Par contre, il faut que tu saches que Jean n'y était pour rien. Pierrick porte seul cette responsabilité. Ton père n'aurait pas pu sauver Denis.

— Mais il s'est tu… toutes ces années…

— Que devait-il faire ? Dénoncer son ami ?

— Pierrick a piégé Papa.

— C'est ta façon de voir. Maintenant, tu comprends pourquoi nous ne voulions pas te parler de cette histoire. Où as-tu trouvé ce carnet ? Où l'as-tu mis ? Ne le garde pas. Écoute mon conseil, rends-le à Pierrick.

— Le carnet n'existe plus, je l'ai détruit. Il va falloir me faire confiance. Quant à te dire où je l'ai trouvé… Tu me permettras d'avoir aussi mes secrets.

Et Cloé s'était retournée, ni Charlotte ni Pierrick n'en sauraient davantage.

Paea, décembre 1996

Le jour se lève sur Tahiti. Harold est déjà sur la plage, guettant les premières lueurs de l'aube. Cela fait maintenant plusieurs mois qu'il est en Polynésie et il découvre avec stupéfaction que l'on peut s'ennuyer à Tahiti. Cette nuit encore, il a dormi là, dans le sable, face au lagon. En fait, il ne sait que faire. Rentrer en Irlande ? S'installer aux Marquises ? En effet, Tepua la vieille Marquisienne a fini par rejoindre son marin, et la maison est vide.

Il faudra bien aussi qu'il retourne à Honfleur pour récupérer le Kaoha Nui. Songeur, il n'entend pas Aiata qui arrive derrière lui. Cette dernière sourit en le voyant seul au bord de l'eau. Elle voudrait l'aider ; il a l'air si déprimé. La polynésienne ne supporte pas que ceux qu'elle aime soient tristes.

— Harold, tu ne crois pas que tu pourrais m'expliquer ?

— C'est compliqué, Aiata. Je ne saurais pas par où commencer.

— On se connaît bien tous les deux. Tu peux tout me dire.

Ce jour-là, Harold choisit donc de tout raconter à son amie. Tout. Sa rencontre avec Jean, les mois passés ensemble, le suicide de ce dernier, le carnet de toile cirée. Et puis son arrivée à Honfleur, Cloé et ce secret qu'il n'avait pas réussi à lui dévoiler. Leur relation, la dépression de la jeune femme, leur venue à

Tahiti. Enfin, la décision d'Harold de tout lui révéler pour la sauver, leur escapade à Cobh, la tombe de Jean.

— Cloé n'est pas idiote ; elle comprendra que tu as agi pour elle, pour la protéger des *tupapau*. Et elle reviendra. Elle est en train de grandir. elle te rejoindra. Je n'en doute pas une minute. Pour l'instant, viens avec moi, Poehina nous attend.

Harold et Aiata se lèvent. Oui, elle a raison, comme il le fait depuis six mois, c'est là qu'il doit rester.

Un matin, Cloé reçoit un appel de Madame Deleu. Marie est morte pendant la nuit. On l'a trouvée, au petit matin, souriante, belle, enfin apaisée. Une dernière fois, Cloé se rend à Honfleur. Avec tendresse, elle choisit ses vêtements, et c'est elle qui natte les longs cheveux blancs. Entre les mains de Marie, elle dispose deux photos, une d'eux trois prise sur la plage de Vasouy, et une de la tombe de Jack. Ainsi seront-ils réunis. Puis de nouveau une cérémonie, des chants et enfin la sépulture au pied du noisetier. Cette fois, Cloé est seule. Elle repousse Charlotte qui s'approche d'elle et refuse de regarder Pierrick. Elle repart sans même une dernière promenade au bout de cette jetée qu'elle a tant aimée ; plus rien ne la lie désormais à Honfleur.

Le lendemain, elle reçoit une lettre de Tahiti, d'Aiata. Dans l'enveloppe, une clé et une photo. Celle d'un cabanon, jaune, sur une plage de sable noir. Cloé sourit malgré elle et explique à Rose l'histoire de cet endroit. En fait, cette attention la touche. Un instant, elle se surprend à avoir envie de les rejoindre.

Voici ce que dit la lettre :

Ma chère Cloé,

Quelques nouvelles de Polynésie, en attendant de te retrouver. Je suis certaine que nous nous reverrons parce que cela ne peut être autrement. Ce serait tellement dommage. Ici, Poehina a dû rester allongée plusieurs jours. Le petit Moana a fini par nous rejoindre le 12 décembre, un peu plus tôt que prévu, mais tout va bien. C'est un beau bébé. Mais changeons de sujet… Harold m'a beaucoup parlé de toi. En fait, il m'a tout raconté. C'est terrible certes, mais rappelle-toi de notre discussion au sujet des tupapau. Ne laisse pas les secrets passés t'étouffer. Tu fais partie des vivants, et la vie s'offre à toi. N'attends pas Cloé. Harold est patient, mais c'est un homme. Il t'aime, il me l'a dit. Alors, crois-moi. Débarrasse-toi de ces souvenirs qui ne t'appartiennent pas, de ce bateau, de tes fantômes. Et rejoins-nous. Le Cabanon sera libre le mois prochain…

Nana ma Cloé, comme on dit chez nous.

Je t'embrasse

Aiata

Quelques jours plus tard, en rentrant de la librairie, Rose trouve un mot de son amie posé sur la table. Cloé est partie.

ÉPILOGUE

Juillet 1997

— Tu comprends, je n'avais plus ma place là-bas. Je devais m'en aller. La simple idée de croiser Pierrick et Charlotte m'était insupportable. J'ai perdu Honfleur et son bassin, les pavés ne chanteront plus pour moi. Les mâts des bateaux ne me murmurent plus rien, ils gémissent, j'ai donc décidé de partir et de me rapprocher de Toi. Oh, je sais ce que tu vas me répondre, c'est aux côtés de Harold que je devrais être. Tu as certainement raison. Voilà, je l'ai dit. Tu es content ? Mais ici, je suis un peu près de lui aussi. Et puis, tu sais, Maman est morte. Je l'ai laissée là-bas, dans le cimetière qui surplombe la côte. Elle aimait bien cet endroit, à côté du noisetier.

Cloé se relève doucement. Comme tous les matins depuis trois mois, elle vient passer du temps avec Jean, là dans le cimetière de Durrus. Elle a appris à apprécier cet endroit. Ce monologue à deux l'apaise et Jean lui semble si proche ! C'est à Cobh qu'elle a décidé d'ouvrir sa librairie, enfin. Son installation n'est pas passée inaperçue. On se souvient de ce mystérieux Jack qui avait débarqué ici, un jour, et on s'est ému de cette jeune fille venue s'établir là où son père avait trouvé refuge. Alors on a décidé de lui faire confiance et de l'aider. Certains chuchotent qu'elle était déjà venue avec Monsieur Sullivan. Elle a peint la devanture de sa librairie en jaune ; ainsi elle se fond aux autres façades aux couleurs vives du centre-ville. Pour l'instant, elle a une chambre à la pension, celle-là même que son père avait louée. Elle aime se retrouver là, manger à sa table. Et puis, être à Cobh la rapproche d'Harold. Elle apprend à le connaître en découvrant son pays et ses attaches. Elle a compris déjà, et depuis longtemps qu'elle ne lui en voulait pas. Il a porté secours à Jean, et il a essayé de la protéger. Le Secret si lourd et si destructeur n'est plus qu'une vieille histoire sinistre qui ne lui appartient pas. Elle a refusé de se laisser dévorer. En revenant à Cobh, ce n'est plus Jean qu'elle veut retrouver, mais bel et bien Harold qu'elle cherche à rencontrer. Il ne sait pas qu'elle est là et elle aime cette situation. Il finira bien par réapparaître…

Bien sûr, seule Rose est dans la confidence. Elle l'a d'ailleurs rejointe pour quelques jours. Évidemment, elle a été enchantée par la ville de Cobh et encore plus par le choix de Cloé de baptiser sa librairie «Le cabanon jaune». On lui a parlé de celui de la Pointe de Vénus. Enfin Cloé avait réussi à grandir et à se défaire de cet horrible carnet et des fantômes qui l'habitaient.

À Honfleur, plus personne n'entendra parler de la jeune femme. Peut-être même ignore-t-elle que Pierrick a eu une attaque ; un matin, en ouvrant le rideau. Il est condamné maintenant au fauteuil roulant et son regard a définitivement cette fixité qui a, de tout temps, rendu tout le monde si mal à l'aise. Charlotte demeure à ses côtés, aimante et dévouée. Bien sûr, le départ de Cloé a été très commenté autour du bassin. Les langues se sont déliées, d'autant plus que maintenant, Pierrick impressionne moins : on ose parler. Certains sont même remontés à l'affaire de la noyade de Denis. Mais le calme est vite revenu : il n'est jamais prudent de trop remuer la vase. Peut-être aussi avait-on conscience d'être tous, chacun à sa manière, un peu coupable. De plus en plus, les clients désertent L'Embarcadère. Yvon, quant à lui, a fini par tirer sa révérence. On l'a retrouvé raide, sur son banc.

Un matin, le Kaoha Nui a levé l'ancre. Harold avait chargé un ami des démarches. Le bateau devait regagner le port de Cobh. Ils ont été nombreux à le regarder partir. Sans le majestueux voilier et son petit voisin, le bassin est maintenant bien vide et leurs deux silhouettes manqueront désormais aux peintres. Jean-Yves quant à lui, a remballé palettes et pinceaux, oubliant un matin de s'éveiller aux lueurs du jour.

La Mé est une chanson d'Alfred Russel, devenue, avec le temps l'"hymne" du Cotentin. Elle appartient à mon enfance. C'est la chanson des fins de repas, avec mes oncles et tantes, mes cousines et cousins, à Gorge et à Carentan. Ce serait trop long de les nommer tous mais je les embrasse. Ce roman est un peu pour eux et puis aussi pour Karl et Roger. Voici, pour les "Horsains", la traduction de ces quelques vers :

"Quand je suis sur le rivage
Bien tranquille, êtes-vous comme moi ?
Je pense à ceux qui voyagent
Qui voyagent au loin sur la mer
Qui voyagent au loin,
Qui voyagent Au loin sur la mer."

Un clin d'œil aussi à ceux que j'aime là-bas, sous les cocotiers.

Et comme on dit sous le soleil polynésien : *Nana* (au revoir) !

WWW.EDITIONSDELAREMANENCE.FR

SUIVEZ-NOUS SUR

 @EditionsdelaRemanence

@ed_remanence

@editionsdelaremanence

@editions-de-la-remanence

IMPRESSION : BOOKS ON DEMAND, GMBH
NORDERSTEDT, ALLEMAGNE
DÉPÔT LÉGAL : JANVIER 2016